처음 가보는 길은
누구나 다 그래

글 이은정

1986년생. 어린 나이는 너무 시리고 아팠다. 어른이 된다는 사실이 불안하기만 했다. 가족의 품을 떠나 홀로 맞설 세상은 비밀스럽고 막막하기만 했다. 스물이 될 때까지 누구도 성숙한 삶에 관해 이야기해주지 않았다. 의혹과 불신이 마음을 가두고 놓아주지 않았다. 그러는 가운데 좋은 선배와 친구들을 만나면서 조금씩 생각이 바뀌기 시작했다. 자신을 짓누르고 있는 마음의 짐을 내려놓는 방법을 찾게 되었고, 세상이 살 만한 준비를 해 놓고 사람들을 맞이한다는 사실을 깨닫게 되었다. 이 책은 그 깨달음의 과정이자 조언이다.

그림 위하영

어릴 때부터 그림 그리는 걸 좋아했다. 학교에서 그림 대회가 열리면 몇 번이고 새 종이를 받아서 마음에 들 때까지 그림을 그렸다. 줄곧 그림 작가를 꿈꾸며 서양화과에 입학했지만 먹고 살길이 막막하여 출판사에 취업했다. 몇 년간 출판사 디자이너로 일하다 왕복 3시간의 출퇴근에 지쳐 대책 없이 퇴사를 하고 프리랜서 북디자이너로 일하고 있다. 간간히 그림을 그리며 어릴 적 꿈에 다가가는 중이다.

처음 가보는 길은 누구나 다 그래

벗어나고 싶음을 온몸으로 표현하는
나만의 꿈을 찾는 그대에게

이은정 글
위하영 그림

HC books

목차

스물의 세상이
잘 알려 주지 않는 비밀

🌿 적지도 많지도 않은 스무 살. 이제 막 미성년의 골목을 빠져나온 이들에게 나이를 먹는다는 것은 어떤 느낌일까요? 그들 앞에 펼쳐진 세상은 어떤 풍경으로 다가올까요? 많은 이들이 성년이 되는 것을 부담스러워하고 두려워하기까지 합니다. 과장하면, 끔찍스럽게 느끼는 이들도 있지요. '어른'이 된다는 압박감 때문에 말이죠. 하지만 누구도 나이를 줄여나갈 수 없습니다. 흐르는 물처럼, 인간의 시간은 미래를 향해 흐르니까요.

이 책을 통해 나이를 '잘' 먹는 방법에 관해 대화를 나누고 자 합니다. 흔히 보고 듣고 말하고 읽을 수 있는 것이 아니라 마음 깊은 곳에 감춰두었던 이야기들을 끄집어내 솔직하게 털어놓으면서 행복하고 평안하게 나이 먹는 법을 함께 찾아 가려는 것입니다.

이 책을 읽은 뒤에, "왜 여태껏 나이 먹는 것을 짐으로만 여기고 끙끙 앓고 있었지?" 하는 생각을 하게 되리라 생각합니다. 이 책에서 지혜를 얻고, 행복하게 나이가들고, 아프거나 시리지 않은, 행복한 20대를 보내셨으면 좋겠습니다.

롯데월드에서 가장 인기가 있는 놀이기구인 자이로드롭과 자이로스윙을 아시는지요? 남녀노소 누구나 즐기고 평생 한 번쯤은 타본 적 있을 법한 다른 놀이기구인 회전목마보다 훨씬 줄이 긴 것을 볼 수 있습니다. 그렇다면, 자이로드롭과 자이로스윙의 줄이 왜 더 길까요? 사람들이 평탄한 것을 좋아할 것이라는 예상을 깨고 이러한 놀이가 관심을 끄는 이유가 무엇인지 생각해 볼 필요가 있습니다. 회전목마에서는 충족할 수가 없었던 스릴과 모험을 체험할 수 있기 때문이 아닐까요?

　나이 듦의 매력도 그러한 차이라고 생각합니다. 어린 시절이 그저 아무 근심거리 걱정거리 없이 편하게 보이고 그래서 좋을 거로 생각하지만 나이 듦의 매력에 빠지게 되면 그 매력에서 빠져나오기가 쉽지 않다는 것입니다.

※

　다른 비유를 찾아볼까요? 태양은 세상을 밝게 비춰 주지만 그 자체는 너무 눈이 부셔서 똑바로 볼 수가 없습니다. 달은 어떤가요? 낮에는 해에 가려 보이지 않지만, 밤이 되면 천천히 모습이 드러나고, 태양처럼 눈이 부시지가 않아 편하게 바라볼 수 있습니다. 그래서 밤에 별 관찰이니 달 관찰이니 하면서 망원경을 들고 나가는 것이죠.

스테이크는 어떨까요? 웰던(well-done), 미디엄(Medium), 레어(rare) 중에서 스테이크 고수들은 핏물처럼 보이는 육즙이 흘러 언뜻 혐오스럽게 느껴질 수도 있는 레어를 좋아한다고 합니다. 웰던과 미디엄은 어린이와 청소년, 레어는 어른에 비유할 수 있겠네요.

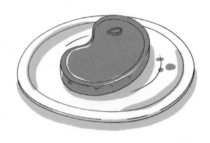

나이를 먹는 것도 이와 비슷해서 어린 시절에는 나이 드는 두려움이 나이 듦의 행복에 철저하게 가려져서 그저 피하고 싶지만, 나중에 진짜 나이를 먹으면서 서서히 좋은 점이 드러난다는 것입니다. 아니, 오히려 나이가 드는 것은 달빛과 성질이 같아서(눈이 부시지가 않아 형태 그 자체를 편하게 볼 수 있는 점) 마음만 먹으면 나이를 먹어서 좋은 점을 더 쉽게 찾을 수 있습니다.

처음 가보는 길은 누구나 다 그래

예전에 테마파크에서 '착각의 방'이라는 곳을 구경한 적 있는데, 그곳에서 본 인상적인 것 중 하나가 물이 흘러내리지 않고 거꾸로 거슬러 올라가는 수도꼭지였습니다. 자, 이제 여러분을 그런 세계로 안내하겠습니다. 이 세계에서 여러분은 막연한 두려움과 우울을 벗어던지고 '행복하게 나이 드는 법'을 터득하게 될 것입니다. 한발 더 나아가 누군가는, '나이를 거꾸로 먹는 방법'을 깨우치기도 하겠지요.

이와 함께, 흔히 빠지기 쉬운 고정관념들을 바로잡아 드리고자 합니다. 바로 '사사무(四思無)'인데요, 풀이하면 '네 가지 고정관념 없애기'입니다.

첫째, 어릴 때가 좋다.

둘째, 학생 때가 제일 편하고 좋다.

셋째, 아무것도 모를 때가 좋다.

넷째, 안 태어나는 것이 축복이다.

사실 둘째 셋째 넷째는 빙빙 돌려쓴 것뿐이고, 첫째 어릴 때가 좋다, 이 생각 하나만 확실하게 바로잡으면 나머지 고정관념들은 자연스럽게 떨쳐낼 수 있으리라 생각합니다.

1장

스물이
왜 두려울까?

🌿 스물이 왜 두려울까? 이 물음에 한마디로 답하면, 하루 아침에 미성년이라는 포근하고 따뜻한 이불을 나와 컴컴한 새벽에 차디찬 바람을 맞으며 거리에 나서야 하는 부담감 같은 것 때문이라고 할 것이다. 깔깔거릴 일들이 사라지고 한숨과 좌절은 늘어날 것이며, 익숙하게 받아들이던 지원들이 끊기고, 누려오던 배려와 아량이 사라지며, 차디찬 세상 한가운데로 뛰어들어야 하는 막연한 두려움이 수시로 엄습하는 것도 그 이유가 될 것이다.

19세 해의 12월 31일과 20세 해의 1월 1일은 하루밖에 차이가 안 나지만, 이 사회는 그 하루 동안 생각과 행동이 획기적으로 바뀌기를 요구하고 있으며, 심지어 열아홉의 해 12월 31일 밤 11시 59분 59초와 스물이 되는 해 1월 1일 00시 00분 00초는 단 1초 차이임에도 불구하고 하늘과 땅만큼 사이가 벌어진다.

처음 가보는 길은 누구나 다 그래

예를 들자면, 열아홉의 해 12월 31일 밤 11시 59분 59초까지는 혼자 양치질도 못 하고 씻지 못해도 그러려니 했는데 스물의 해 1월 1일 00시 00분 00초부터 세상은 양치질이나 씻기는 물론 과일 깎기와 청소와 빨래까지 능숙하게 해내기를 요구한다. 이제 어른이 됐으니 당연하다는 듯이 말이다.

나이 먹기 두려워하는 이유를 다르게 표현해 보자면, 축구를 전혀 못 하는 사람에게 하루아침에 월드컵 나가서 골을 넣기를 바라고, 한 번도 물에 들어가 본 적 없고 스케이트를 신는 방법조차 모르는 사람에게 바로 다음 날 올림픽에 나가 메달을 수확해오기를 이 사회가 바라기 때문이다. 현실성 없고 가혹한 기대가 아닐 수 없다.

하지만 이 사회는 아무것도 배려하지 않는다. 남의 사정을 들어줄 여유 없이 바쁘게 돌아간다. 그들은 부러진 톱니바퀴는 곧바로 폐기하는 것이 더 효율적이라고 생각한다. 불혹을 의미하는 40세, 하지만 이 사회와 보조를 맞추려면 스물부터 불혹이 되어 있어야 한다.

가혹하다. 그렇다고 해서 너무 걱정할 필요는 없다. 지금부터 나이를 역연산하는 방법을 알려 줄 테니까.

이런 예는 어떨까? '끓는 물 속의 개구리(boiling frog)'라는 실험이 있다. 갑자기 뜨거운 물에 집어넣은 개구리와 찬물에서 차츰차츰 열을 받은 개구리를 관찰했는데 갑자기 뜨거

처음 가보는 길은 누구나 다 그래

운 물에 던져진 개구리의 생존확률이 높았다는 이야기다. 스무 살, 나이를 먹고 성년을 맞이하는 것도 개구리 실험과 비슷하다. 아무런 준비도 없이 성년의 땅에 헤딩하는 것이 무모하고 위험해 보이지만, 언제 나이가 드는지조차 모르고 있다가 어느 날 갑자기 폭삭 늙어버린 자신을 발견하는 것과 비교하면 그편이 오히려 시련에서 벗어나는 기회를 더 많이 잡을 수 있다는 뜻이기도 하다.

인생을
비춰주는
짧고 깊은 말

어린이는
의문부호의 바다로 둘러싸인
호기심의 섬.

―셸 석유회사 광고

인생 행로에
삼진에 대한 두려움을 불러들이는 것은
절대 금물이다.

―베이브 루스, 미국 야구선수, 1894~1948

처음 가보는 길은 누구나 다 그래

가시에 찔리지 않고서는
장미꽃을 모을 수가 없다.

—필 페이

"눈에는 눈으로"란 옛 법을 따르면
우리는 모두 시각장애인이 되고 말 것이다.

—마틴 루터 킹

"이 행동에 대해
나에게 책임이 있는가, 없는가?"
하는 의문이 생긴다면
당신에게 책임이 있는 일이다.

—도스토옙스키

30세가 넘으면
사람은 자기 주관을 갖게 된다.

—베터 미들러, 미국 가수

개울 바닥에 돌이 없다면
시냇물은 노래를 부르지 않을 것이다.

—칼 퍼킨스

가장 위대한 에너지원 가운데 하나는
자기가 하는 일에 대한 긍지.

—스포크 박사, 미국 소아과의사

처음 가보는 길은 누구나 다 그래

거짓말을 하기는 쉽다.
그러나 단 한 번만 거짓말하기는 어렵다.

—<텍사스 뉴스>지

건강을 지닌 사람은
희망을 품고 있지만,
희망을 품은 사람은
모든 것을 가지고 있다.

—아라비아 속담

결정을 내리기 전에
모든 것을 완벽하게 알고자
고집하는 사람은
결코 결단을 내리지 못한다.

—앙리 F. 아미엘, 스위스 시인

그림자를 두려워 마라.
그림자란 빛이 어딘가 가까운 곳에서
비치고 있음을 뜻하는 것이다.

ㅡ필 페이

처음 가보는 길은 누구나 다 그래

2장

스물,
행복해야만 하는 이유

🌿 우리가 흔히 걱정거리 하나 없는 시기로 알고 있는 어린이, 청소년 시절은 과연 얼마나 될까? 일생을 100이라고 하면 유년기는 12년, 청소년기는 6년, 18년밖에 되지 않는다. 나머지 82년은 어른으로 살아야 한다. 이 말은 어른이 되는 걸 무조건 두렵고 괴롭게 생각하면 인생 전체가 고달프게 여겨진다는 것이다.

노래 중에도 나이를 먹는 두려움과 고달픔을 담은 가사가 많은데, 필자가 청소년 시절 나이 먹기를 더 두려워하게 된 가사 몇 개를 살펴보자.

끔찍한 일이 될 거야, darling
어른이 된다는 상상만으로도
내겐 숨이 막혀버릴 것 같은 고통일 거야.

/걸의 '아스피린'

난 영원히 아이로 남고 싶어요.

/아이유 '스물셋'

나이를 먹을수록 사는 게 자꾸 힘에 겨워진다고.

/왁스 '엄마의 일기'

특히 걸의 '아스피린'은 나이를 먹고 어른이 되어가는 두려움을 적나라하게 표현하고 있다. 오죽 두려우면 어른이 되는 것을 숨이 막혀버릴 것 같은 고통이고 끔찍한 일이 될 것 같다고 표현했을까? '아스피린'이 나왔을 때가 1995년인데 이 당시 걸 구성원 나이가 딱 만 열아홉에서 스물이었다. 아이유의 '스물셋'이나 왁스 '엄마의 일기'도 나이가 들어가는 두려움이나 고통을 얘기하고 있음은 크게 다르지 않다.

그렇다면, 신이 어른으로 살아야 하는 시간을 길게 준 것이 우리를 괴롭히고 골탕 먹이기 위해서일까? 나는 신이 어른 시절을 길게 설계한 것은 다른 뜻이 있다고 생각한다. 의사가 환자의 팔을 주사기로 찌르는 것이 환자 골탕 먹이려는 것이 아니듯이 말이다.

처음에는 신이 우리를 골탕 먹이는 것 같고 아프게만 보이지만, 숨겨진 의미를 깨닫게 되면 한결 마음이 편해질 것이다. 오히려 나이를 먹음으로써 좋아지는 것들을 얼마든지 발견할 수 있을 것이다. 나중에는 어린이와 청소년기를 돌아보면서 오히려 그 시기를 측은하게 생각하게 될지도 모른다. "나이가 어려서 할 수 없는 일, 해서는 안 되는 일, 막히는 일이 저렇게 많아서야 어떻게 살지?" 하면서 말이다.

그렇게 되고, 그렇게 되도록 노력해야 하는 이유는 머리말에서 얘기했듯이 나이는 절대 줄일 수가 없고 나이 먹는 것은 누구나 피할 수가 없기 때문이다. 먹기 싫어도 먹을 수밖에 없는 것, 그것이 나이이니까.

처음 가보는 길은 누구나 다 그래

에피소드 1

오늘이 열아홉의 해 마지막 십이월 삼십일 일이네. 나도 이제 더는 미성년자가 아닌 거야? 너무 슬프다.

열아홉의 해 연말쯤, 하루아침에 미성년자라는 따뜻한 이불에서 박차고 나와 차디찬 새벽 칼 바람맞으며 출근해야 한다는 압박감을 이기지 못한 나는 결국 가는 버스 안에서 긴장감을 너무 심하게 느껴 위장장애로 구토를 하고 말아버렸다. 옆에 서 있던 사람이 불쾌감을 두세 마디 욕으로 표현했다.

아, 나도 이제 학생 신분이 정말 얼마 안 남았네! 너무 우울하다. 어른 되면 어떻게 살아야 하지? 바깥은 저렇게 무섭고 차가운데 이제 저 차갑고 어려운 것들과 싸워야 한다 이거지? 정말 미치도록 우울하다. 이 상황을 어떻게 벗어날까? 자살해야 하나? 마침 페북에 평생 고등학생으로 살고 싶다는 글이 보인다. 평생 어린이 청소년이면 얼마나 좋을까? 신이시여, 제발 여기서 멈추는 약을 개발해 주셔요.

✤

마침내 고등학교 졸업식. 다른 친구들은 입시지옥을 탈출함을 만끽하는 미소들을 지으며 교문을 나섰지만 나는 이제 곧 스물이 되고 이 차디찬 생활전선과 상대하고 앞으로 평생 싸워야 한다는 압박감에 마음 놓고 미소 지을 수 없는 학생 중 한 사람이었다. 어른들이 말씀하셨던 학생 때가 가장 좋다는 말을 떠올리면서 그 말이 이제 얼마나 내 가슴을 찌르도록 실감하게 될 것인지를 생각하면 정말 어찌할 줄모를 정도로 우울했다.

뉴스에 또 톨게이트에서 시간대별로 요금 할인되는 경우

서로 먼저 들어오고 빠져나가겠다고 전쟁이라는 뉴스를 보았다. 얼마나 살아내기가 어려우면 저럴까? 나도 어른 되면 저러한 현실과 마주해야 한다는 것이지.

하지만 이렇게 우울해하고 있을 수만은 없었다. 우리는 너나 할 것 없이 나이를 먹고 부모님도 늙어 가는데 언제까지나 학생 신분만을 유지할 수는 없으며 생활전선에 뛰어들어 언젠가는 스스로 돈을 벌어야 한다.

***

알고 보면 우리네 인생 100년 중 80%는 어른으로 살아가야 하는데 신께서 골탕 먹이려고 우리네 인생에게 어른 시절을 이렇게 많이 설계한 것이 아니라는 생각이 들었다. 정말이지 이 본질을 직감한 나는 가끔 "어린이 청소년은 저렇게 걸리적거리는 부분이 많아서 어떻게 살지?" 하는 생각이 조금 들기도 하였다.

청소년 시절 그렇게 긴장하고 그로 인해 위장장애를 겪고 구토를 하고 스물이 되면 자살해야지 하고 생각하였던 것이 정말 지레 겁부터 먹었다는 생각이 들었고, 그때 자살 안 한 것을 잘했다는 생각이 들면서 점점 어른 시절이 주는 매력에 빠지게 되었다. 아니, 오히려 앞서 말하였듯이 청소년들 보면 인생에서 장애물이 많아 불쌍한 느낌이 들어서 혀를 가끔 차기도 했다.

自由ロド롭이 왜 무섭지 않은 회전목마보다 인기가 훨씬 많고 줄이 긴 지 그 매력의 이유를 알기 시작하였으며 해는 눈이 부셔 그 형체 자체는 제대로 볼 수가 없는데 달은 밤하늘에 빛을 발하지만, 눈이 부시지가 않아서, 그 형체를 쉽게 볼 수 있다는 그 절묘한 매력에 빠지기 시작하였다(회전목마와 해=청소년/자이로드롭과 달=어른). 이러한 매력을 찾아내고 이러한 매력에 빠진 나는 오히려 이제 어린이 청소년 때로 돌아가기가 싫을 정도가 되었다.

졸 축 업

수학의 개념이 탄탄하고 기초공사가 잘 돼야 쉽게 무너지지 않고, 높은 점수가 나올 확률이 높아지듯이 나이를 먹는 것도 이 기초공사가 잘 돼야 하는데, 이 세 가지 삼 파장 개념만 잡고 기본기를 탄다면 나이라는 공격에 쉽사리 무너지지 않음을 알 수 있었다.

　독자들도 이 삼 파장 개념을 평생 사용하면 좋을 것이므로 잘 숙지했으면 좋겠다.

**<온몸을 조여오는 '나이'라는 공격에
쉽게 무너지지 않도록 해주는 삼 파장 개념>**

첫째, 숨겨져 있는 좋은 함정 찾기
둘째, 인생에서 정체 구간의 감소
셋째, 나도 남에게 부담 안 되어 좋고
남도 나를 부담스러워하지 않아서 좋은 win win

인생을
비춰주는
짧고 깊은 말

나는 사나운 폭풍우에 미쳐 날뛰는
바다를 보았고, 조용하고 잔잔한 바다,
그리고 어둡고 침울한 바다도 보았다.
그리고 그 모든 변덕 속에서 나 자신을 보았다.

—마틴 벅스봄

나는 절대로 미래를 생각하는 일이 없다.
미래는 너무도 빨리 닥쳐오기 때문에.

—아인슈타인

누구에게나 청춘이 지나가 버렸다고
느끼게 되는 순간이 있기 마련이다.
그러나 세월이 흐른 후, 실제로는
그것이 훨씬 뒤의 일이었음을 깨닫는다.

─미니언 먹로클린

날고 싶은 충동을 느끼는 사람이
기어가라는 말에 따르지는 않을 것이다.

─헬렌 켈러

남에게 손가락질할 때마다
세 개의 손가락은 항상 자기 자신을
가리키고 있음을 잊지 말 것.

─무명씨

당신이 잠자리에서 일어나든
안 일어나든 하루는 시작된다.

―존 차디

나는 현명한 외면보다는
열정적인 실책을 더 좋아한다.

―아나톨 프랑스

누구나 화낼 줄은 안다. 그건 쉬운 일이다.
그러나 꼭 화를 내야 할 올바른 대상에게,
올바른 정도껏, 올바른 때에, 올바른 목적을 위해,
올바른 방법으로 화내는 것은 쉬운 일이 아니다.

―아리스토텔레스

떡갈나무가 넘어질 때는
온 숲속에 그 넘어지는 소리가 메아리치지만
수많은 도토리는 미풍에 소리 없이 떨어져
새로운 씨앗이 된다.

―토머스 칼라일

발견을 위한 참다운 항해는
새 땅을 찾아내는 것보다도
세상을 새로운 눈으로 보는 데 의의가 있다.

―마르셀 프루스트

사람들은 자아를 아직 발견하지
못했다는 말을 흔히 한다.
그러나 자아는 발견하는 것이 아니라
스스로 창조하는 것.

―토마스 사스

우리의 최대의 영광은
한 번도 실패하지 않는 것이 아니고
넘어질 때마다 일어서는 것이다.

ㅡ골드 스미스

처음 가보는 길은 누구나 다 그래

3장

의아하겠지만
당해서 오히려 기분 좋은
사기와 속임수가 있다

제목만 보면 상당히 모순일 수도 있겠다. 나이 먹으면 먹을수록 세상은 그리 호락호락하지 않아서 세상이 두렵고 짜증스럽게 보일 수밖에 없는데 어떻게 속으면 속을수록 기분 좋은 속임수와 사기가 있을까? 하지만 조금만 생각을 틀어 보면 세상을 알게 되면서 막연한 공포심과 짜증에서 탈출할 수 있다는 것을 알 수 있다.

월드컵에서 감독들은 자기 나라의 비밀스러운 책략을 절대 공개하려 하지 않는다. 그것이 공개되면 질 확률이 상당히 높아져 버리기 때문이다. 앞서 얘기한 삼 파장 개념도 세상이 숨겨놓고 남에게 드러내지 않고 알려주지 않는 비밀 중 하나다.

세상을 살면서 연막작전을 구사하는 때가 적지 않다. 겉으로는 상당히 두려운 듯 포장해놓고 속사정은 그렇지 않은 경우가 그 예가 될 수 있다. 몇 가지 들어보자.

청소년기 때까지만 해도 '무주택자'라는 말을 들으면 가슴 덜컥 내려앉고 한숨부터 나왔다. '무주택자'. 말 그대로 집이 없는 사람? 그렇다면 집이 없는 사람은 노숙자? 이렇게 뜻풀이를 했었다. 하지만 이 단어의 진짜 뜻, 자신의 명의로 된 집이 없는 사람을 가리킨다는 것을 알고서 조금은 안도의 한숨을 내쉬었다.

그리고 또 요즈음, "00원이 돈이냐?" "자격증 열네 개 따고도 취업이 안 되는데 어디까지 해야 하는 거지?" 하는 소리가 들려올 때마다 '아이고!' 하고 한숨부터 나왔었는데, "00원이 돈이냐?" 하는 것은 요즈음 그 금액은 그리 큰돈이 아니라는 의미였으며 "자격증 열네 개 따고도 취업이 안 되는데 어디까지 해야 하느냐?"의 의미는 사실 이 자격증들을 파헤쳐 보면 열의 일고여덟 정도는 돈만 내면 취득하는 민간자격증이라 큰 노력 없이도 취득하는 자격증이니 쓸모가 없다는 뜻이었음을 알게 되었다.

노숙자도 다 같은 노숙자가 아니었다. 공항에서 노숙자같이 보이는 경우 비행기를 기다리면서 숙소 돌아가기는 애매하여서 그냥 공항에서 하루 잠깐 자는 경우가 많다. 얼핏 보면 공항 의자에 이불 깔고 자는 경우 무조건 밑바닥까지 간, 100% 노숙자 라고 보기가 쉬운데 이러한 함정도 숨어 있다

처음 가보는 길은 누구나 다 그래

는 것이다. 세상이 잘 알려주지 않는.

또한, 우리가 일반적으로 생각하는 노숙자도 모두 밑바닥까지 간 노숙자들이 아니라 그냥 할 일이 없어서, 집안 눈치 보여서 노숙자인 척 밖으로 나온 사람들도 적지 않다고 들었다. 겉으로는 밑바닥까지 간 듯해도 속사정은 그렇지 않은 경우가 적지가 않다는 것이다.

직장인들이 끔찍하게 여기는 야근은 어떨까? 100% 일이 많아서 그러기보다는 늦게 퇴근하여야 열심히 일하는 것처럼 보이니까 낮에 조금 설렁설렁 일하면서 일부러 일을 다 안 끝내고 남아서 하는 경우도 적지 않다고 들었다. 이것은 무조건 오래 남아 있기만 하면 좋게 평가하는 우리 사회의 문제로 저도 빨리 고쳐져야 한다. 요즘은 일과 삶의 균형 워라밸에 대한 관심이 높아져서 그래도 다행이라고 생각한다.

　이런 속임수에 당한 것만큼 기분 좋은 것이 어디 있겠는가? 이렇게, 우리 생활 속에는 분명 좋고 우리를 오히려 수렁에서 건지는 함정들도 적지 않게 있으며 함정이라는 단어를 역 이용할 수도 있다. 이러한 생각으로 하나하나 파고들어 가면서 하다 보면 세상은 살만한 준비를 전혀 해 놓지 않고 사람들을 무조건 맞이하는 것이 아님을 알 수 있을 것이며, 이렇게 하면 막연한 짜증과 고달픔으로 음주나 흡연에 빠지는 악순환을 상당 부분 끊을 수도 있을 듯 보인다. 자, 오늘부터 이러한 것을 하나하나 찾아보는 게 어떨까? 아마도 탄식이 안도의 한숨으로 바뀌지 않겠는가.

세상에는 이처럼 우리 모르게 어려운 것처럼 포장해놓고 속사정은 그렇지 않은 경우가 적지 않다. 인간에 대한 신의 작은 배려로 보이며, 국제대회에서 감독들이 전략을 숨기는 것과 비슷하다고 보면 될 것이다. 어렵고 고달픈 듯 포장을 해 놓고 숨겨진 진실을 어른 되어 알게 함으로써 미성년 시절로 돌아가고 싶지 않게 만드는, 어쩌면 그런 책략일지도 모른다.

에피소드 2

<연막작전과 좋은 함정의 대표적인 예시>

(1) 무주택자

앞서 얘기했듯이 '무'가 붙어서 무조건 떨어진 옷에 옆구리에 깡통 찬 노숙자, 씻지도 먹지도 못하는 사람들이 아니다.

(2) 자격증

일일이 공부하지 않아도 돈만 내면 취득하는 민간자격증도 수두룩하다.

(3) 공항 노숙자

정말 정말 재정 어려워서 노숙한다고 생각할 수도 있지만 앞서 얘기했듯이 여행할 때 비행 대기로 잠깐 눈 붙이고 쉬는 경우가 많다.

(4) OO원이 돈이냐?

그 정도 돈은 굉장히 급하고 절실히 필요할 때 꼭 써야 한다고 판단될 때에는 써도 그리 욕먹을 금액은 아니다. 작은 것 아껴 크게 잃을 수도 있을 상황에서는 큰 고민 않고 써도 된다는 금액.

(5) 수술

특히 어린아이들이 생각하기에는 무조건 몇 시간씩 걸리는 큰 수술만을 떠올려 겁먹기가 쉽지만, 간단히 절개만 하고 치료하는 예도 많다.

<10대 시절>

'청년실업이니 자격증 열네 개 따도 취업이 안 되느니 정말 이 나라가 어떻게 될지 모르겠다, 진짜.'

'오늘 뉴스 보니 뭐 무주택자 150만 명 돌파?'

무주택자? 집이 없다? 집이 없으면 누더기에 다 옆구리에 깡통 찬 노숙자 아닌가? 당연히 식사나 씻는 것, 세탁은 상상도 못 하고… 누더기 입고 옆구리에 깡통 찬 노숙자가 벌써 150만 명? 나라 재정이 얼마나 안 좋으면 이 모양이냐? 정부는 뭐 하냐? 이민 가는 것만이 답인가? 정말 가슴 덜컥 내려앉고 한숨부터 나온다.

이렇게 '무주택자'라는 말을 듣고 큰 걱정에 빠진 나는 고개 푹 숙이고 방으로 아주 느린 걸음으로 들어갔다. 본능적으로 어깨에 힘이 빠져서 아무것도 생각이 안 났다. 이러한 단어들과 싸우다 보니 나중에는 몸에 힘이 쫙 빠졌다.

자격증 열네 개 따도 취업이 안 되고 있다? 자격증 하나 따는 데도 큰 노력과 비용이 필요한데 젊은 날 모든 걸 바쳐 자격증 열네 개를 따도 별 효과가 없다? 정말 내가 스물이 되면 저런 현실과 마주해야 한다 이거지. 스물이 되려면 정말 몇 개월 안 남았는데 어찌 살아야 할지 막막하기만 하다. 제발 어떻게 좀 해봐. 정말 한숨만 매일 푹푹 나온다. 청소년들, 너희들은 좋겠다. 저런 뉴스가 나와도 신경 안 써도 되니까.

거리에 노숙자들은 또 얼마나 많은지. 노숙자 한 사람 한 사람 볼 때마다 이 나라에 진짜 밑바닥까지 앉은 사람들이 이렇게 많구나 하는 생각이 든다. 나도 어른 되면 저렇게 노력해도 밑바닥 인생과 마주할 수밖에 없는 현실과 마주해야 하는구나. 그리고 또한 바깥에 나가보면 폐지 줍는 사람들은 왜 이렇게 많니? 새벽이면 공항에 왜 이렇게 노숙자들이 많니? 이제는 노숙자들도 역에는 자리를 깔 공간이 없어 공항까지 왔나? 암울하다. 어떻게 하냐?

중학생 때까지만 해도 스물이 되기까지 시간이 적지 않게 남았으니 이러한 뉴스들이 그렇게까지 신경이 쓰이지는 않앉었었는데, 내가 지금 몇 살이야? 바로 내년이면 스물. 곧 어른이 되는데, 아직 미성년자라 하지만 이러한 뉴스가 거슬리지 않을 수가 없다. 아, 진짜 도망가고 싶다. 밑바닥까지 내려앉아 노숙자가 된다느니, 누더기 걸치고 옆에 깡통 찬 사람이니 하는 것이 이제 남의 일이 아니라는 거지?

아, 부모님 아래서 보호받는 미성년자 시절이 정말 좋았지. 어른들 말씀이 괜히 학생 때가 좋다고 하신 것이 아니라니까.

취직만 하면 모든 게 해결될 줄 알았는데 뭐 야근? 그것도 거의 매일 하는 경우도 30%나 된다고? 그러니까 낮 동안 빈틈없이 열심히 일하고도 또 밤늦게까지 일하는 경우가, 그것도 거의 매일 하는 경우가 적지가 않다는 거지?

나는 또 한 번 자살 충동과 이민 충동을 느낀다. 이민 갈 짐을 꾸리고 싶은 충동과 자살 충동에 시달렸다. 국민은 이렇게 고생하고 있는데 정부는 뭐 하냐? 이제 정말 물러설 자리가 없다고 느낀다. 왜냐하면, 스물이 될 때까지 고작 일 년, 아니 이제는 일 년도 채 남지 않았으니까.

무주택자라는 단어를 계속 스물 이후에도 듣게 되었다. 그런데 어느 날 기사를 보니 그동안 내가 알고 있던 것과는 다른 이야기가 쓰여 있다. 이상하다 싶어서 더 자세히 보았다. 세상에나, 단순히 누더기에 깡통 찬 노숙자만을 뜻하는 것이 아니지 않은가!

처음에는 참 의아했다. 무주택자? 그대로 뜻풀이하면 깡통 찬 노숙자로밖에 설명이 안 되는데…….

그리고 자격증에도 놀라운 사실이 알려졌다. 간혹 소문으로 듣기는 했었는데, 직접 기사에서 보게 될 줄은 몰랐다. 취업 시장에 내놓은 자격증 중에 어려운 시험을 거치지 않고 돈 내고 수업을 듣기만 해도 한 번에 몇 개씩 민간자격증을 딸 수 있다는 사실을 듣고 상당히 놀랐다. 이러니 기업에서 단 하나의 자격증이라도 국가공인자격증을 요구하는 것 같았다.

그리고 노숙자도 알고 보면 놀란 사실이 있었는데 완전히 밑바닥까지 간 경우가 아니고, 그냥 그저 집안 눈치 보여서 일하기 싫어서 노숙자인 척하는 경우도 적지 않다는 것을 알았으며, 공항 노숙자도 여행 중 경유 비행기를 기다려야 하는데 숙소에 들기에는 시간이 그렇고, 그래도 잠을 자기는 자야 해서 그냥 공항 의자에서 노숙하는 예도 적지가 않다는 것을 알았다.

이렇다 보니 세상도 불행한 척 연막작전을 사용하는 경우가 참 적지가 않다는 것을 알게 되었다. 월드컵 같은 대회에서 감독들이 전술이 바깥으로 노출되는 것을 꺼리듯이 세상도 좋은 것들은 숨겨놓고 잘 드러내지 않으려 하는 것 같다는 생각이 들었다.

그리고 야근도 물론 처음부터 끝까지 일만 하는 예도 있기는 있지만 적지 않은 수가 그냥 단순히 회사 풍토가 일을 늦게까지 하는 사람이 일 잘하고 열심히 한다는 미덕이 깔려 있어 낮에 설렁설렁하다가 밤늦게까지 하는 경우도 적지 않다는 것을 알았다.

이것이 우리나라 기업의 생리라고는 생각하였는데 이제 워라밸(일과 삶의 균형)에 대한 관심이 높아지면서 인식도 나아질 것이라 기대해본다.

이런 사실들을 알게 되면서 우리 일상 속에는 좋고 오히려 우리를 수렁에서 건지는 함정도 적지 않다는 것을 깨달았고, 이렇게 하다 보니 세상은 살 만한 준비를 전혀 해 놓지 않고 우리를 맞이하는 것이 아님을 깨달을 수 있었다. 그리고 세상은 살 만한 곳이라는 것을 깨닫고 다시 재충전되는 느낌을 받았다.

　　이렇듯 현실의 속사정을 알고 나서 청소년 시절과는 다른 안도의 한숨이 나왔으며, 이렇게 속임 당하고도 기분 좋은 느낌은 십여 년이 지났지만 지금도 생생하다.

인생 공식 1

어른이라는 단어가 주는 책임감과 압박감 < 청소년 시절의
이러한 단어가 주는 막연한 공포감에서 비상 탈출한 느낌

인생을
비춰주는
짧고 깊은 말

사람은 자기의 꿈(과거에 대한 추억의 꿈과
미래를 향한 열렬한 꿈)을 가져야 한다.
나는 새로운 목표를 향해
나아가기를 멈추지 않으련다.

—모리스 슈발리에

사람은 꿈이 후회로 바뀔 때
비로소 늙는 법이다.

—존 배리모어

처음 가보는 길은 누구나 다 그래

아이들이 자라면
"우리는 왜 태어났어요?"
라고 묻는 때가 닥쳐오기 마련이다.
그런데 부모 자신이 그때까지 그 이유를
알고 있다면 정말 놀라운 일일 것이다.

—헤이즐 스코트

아무것도 시도할 용기를 갖지 못한다면
인생은 대체 무엇이겠는가?

—빈센트 반 고흐

어떻게 죽을 것인가를 선택하려 들지 말라.
또는 언제 죽을 것인가도.
당신은 이 순간 어떻게 살 것인가를
결정할 수 있을 따름이니까.

—존 바에즈

아무리 괴로운 시간이라 해도
한 시간은 60분을 넘지 않는다.

—모리스 맨덜

어린이가 어두움을 두려워하는 것은
용서하기 쉬우나,
어른이 광명을 두려워한다면
그것은 인생의 비극이 아닐 수 없다.

—플라톤

어린애가 하는 짓을 하기엔 너무 크고
어른들이 하는 일을 하기엔 너무 어린 나이가 10대다.
10대들이 아무도 하지 않는 엉뚱한 짓을 하는 것은
이 때문이다.

—<리드>지

처음 가보는 길은 누구나 다 그래

미래란 그 시대가 올 때까지는 숨겨져 있으므로, 우리는 부득이 과거의 경험을 통해서 미래상을 그리지 않으면 안 된다. 지난날의 경험은 감추어진 미래를 비추는 데 있어서 우리가 얻을 수 있는 유일한 빛이다. 경험은 역사의 별명이다. 우리가 말하는 이른바 역사란 보통 인류의 경험 총체를 가리킨다. 그러나 우리 한 사람 한 사람이 한평생 살아가는 데 있어서 쌓는 개개인의 경험도 역사이다. 공적인 생활에 있어서처럼, 사적인 생활에서도 경험은 높이 평가된다. —경험이 우리들의 판단 능력을 도우며 더 현명한 선택, 더 합당한 결정을 가능하게 한다는 것이 일반적으로 인정되고 있으므로. 언제나—좋은 의미에서나 나쁜 의미에서나— 인간이 무엇인가 물으려면 미래에 관한 생각을 고려하지 않으면 안 된다. 우리는 될 수 있는 대로 미래를 제어하고, 우리의 목적을 이루기 위해서 미래에 이루어지는 것에 관심을 가지며 미래에의 계획을 세운다. 이 미래를 의식적으로 제어하고, 뜻하는 미래를 만들려고 하는 것은 바로 인간 특유의 행위이며, 지구상에 공존하는 다른 생물들과 구별되는 특징의 하나이기도 하다. 우리는 장래를 내다보지 못하

면서 어떠한 계획을 세울 수는 없는 것이며, 경험의
빛이 미래를 비추는 한에 있어서만 장래를 내다볼 수
있는 것이다. 따라서 경험이 던지는 빛에 가치가 있다
는 것은 논의할 여지가 없다. 그것은 우리에게 있어서
미래상을 그리는 유일한 방편인 것이다.

—아놀드 토인비, <현대의 도전>

4장

서로서로 느끼는
정의 맛

🌱 청소년 시절 때까지만 해도 정말 사람과 사람 간의 정을 느낄 수가 없었다. 그저 100% 경쟁자로만 보였다. 사람들에 대한 일방적인 불신으로 가득 찼었다. 세상 모든 것이 못마땅하여 서로 다정히 걸어가는 모습에도 짜증이 났었는데, 지금은 다정히 걸어가는 모습이 보기 좋다. 버스나 지하철 옆자리에 앉는 모르는 사람과도 왠지 정이 느껴진다.

바로 이것, 서로 성숙해지고 정을 느끼면서부터 마음이 안정되고 차분해지면서 그것이 삶의 원동력이 된다는 사실을 깨닫게 되었다. 나이가 들면서 정이라는 것을 느끼게 되면 때때로 일상의 활력소가 되고 마음의 안정을 찾을 수 있게 된다.

예를 들어보자.

올림픽에서 탁구 선수들이 경기 전 몸을 풀면서 상대 선수와 공을 주고 받는 것을 보았다. 처음에는 어떻게 총성 없는 전쟁이라는 올림픽에서 몸풀기를 상대 선수와 하는지 의아했다.

그리고 월드컵 해설에서 우리 선수가 아깝게 득점 기회를 놓쳤을 때 "아, 아깝습니다. 상대 골키퍼가 잘 막았습니다." 라고 할 때 '어떻게 상대 골키퍼한테 잘 막았다고 하지?' 하는 생각이 들었었다. 그런데 알고 보면 이러한 것도 치열한 경쟁 속에서 피어나는 정임을 알게 되었다.

학교나 학원 같은 곳에서 모르는 이들끼리 피드백(서로서로 보완할 부족한 점 얘기해주는 것)해주는 것 역시 정이라고 할 수 있겠다.

이것을 '정의 선순환'이라고 생각한다. 경쟁 속에 피어나는 정뿐만 아니라 일상에서 느끼게 만드는 사례들을 찾아보자. 하다못해 고양이를 좋아하는데 집 앞에 고양이가 지나가서 마음이 안정되어 좋았다 정도의 수준도 좋다.

\<정의 선순환>

(1) 처음에는 치열한 경쟁 사회에서 100% 경쟁자로만 느껴진다.

(2) 하지만 마음이 자라서 사람과 세상이 좋아져 보이기 시작한다.

(3) 이 마음이 자라고 사람과 세상이 좋아 보이는 것이 나중에는 어려운 일이 생겼을 때 왠지 빨리 해결될 것 같고 하는 마음으로 재충전되는 느낌이 들고 인생의 활력소가 생긴다.

에피소드 3

<10대 시절>

"얘, 여기 사람도 같이 앉게 다리 살짝 옆으로 해봐."

"싫어. 내 옆에 사람 앉는 것 싫어. 다 경쟁자야. 싫어."

지금 내 옆에 저기 온화한 표정으로 다니는 이도 무슨 속 임수가 있겠지? 그리고 버스, 지하철 타면 사람들이 싫고 다 경쟁자로 보인다.

서로 아무런 교감도 친화도 전혀 안 느껴지고 정이 전혀 안 느껴진다.

이 나이 때 흔히들 떨어지는 낙엽만 봐도 웃고 굴러가는 돌멩이만 보아도 웃을 나이 좋을 때라고는 하지만 나는 무엇을 해도 재미가 없고 자살 충동에만 시달렸다.

그냥 사람과 세상 자체가 너무너무 싫다. 사람이 사람을 싫어하면 안 된다는 것을 알면서도 세상과 사람이 싫어지는 내가 나도 역시 싫어지기 시작한다.

탁구 단식경기를 하고 있다.

어머나! 그런데 경기 사이 휴식 시간에 몸을 푸는데 상대 선수와 하고 있다.

참 의아했다. 아무리 단식이라지만 총성 없는 전쟁인 올림픽에서 어떻게 상대 선수와 몸풀기를 하고 있는지 이해를 할 수가 없다.

그리고 월드컵 경기가 열리고 있었다.

아, 어어 슛! 아, 아깝다. 상대 골키퍼가 몸을 날리며 막았다. 그런데 해설위원 말이 뭐? 아 아깝습니다. 골키퍼가 잘 막았습니다?

지금 상대 골키퍼가 잘 막았다고, 설마 그 말씀을 하신 건가요? 열 받습니다.

어떻게 지금, 정말 아깝게 득점 기회 날아갔는데 상대 골키퍼한테 그러한 말씀을 하신 건가요? 우리나라 사람 맞습니까?

TV에 나오는 저 장면은 뭐지? 면접장에 한 번에 네 명이 들어가는데 그 중 한 사람이 알아서 차렷 경례를 하고 있네. 어라, 누구 좋아하라고. 생판 모르는 남끼리 저렇게 해줘서 인사를 유도해 합격을 유도하지?

그리고 면접장에서 웃네? 어라, 저렇게 쟁쟁한 경쟁자들이 옆에 있는데 지금 웃음이 나오는가? 한 명이라도 떨어지게 만들어서 내가 들어갈 수 있는 자리를 만들어야 할 판국에.

그리고 뭐? 서로서로 부족한 점을 알려주고 있다? 그것도 가족 친척이 아닌 남남끼리? 지금 이 치열한 경쟁 사회에서 그것이 지금 할 일이라고 생각하십니까?

처음 가보는 길은 누구나 다 그래

<20세 이후>

어머! 저쪽에 연인이 팔짱 다정하게 끼고 지나가고 있네.

어머! 저 사람 웃는게 정말 멋지다!

애, 같이 앉게 조금만 비켜줘 봐.

이상하게 이러한 상황에서 청소년기와는 다른 미묘한 잔정을 스물부터 느끼기 시작했다.

어떻게 된 일인지 청소년 시절까지만 하여도 오로지 경쟁자로만 보였던 버스 안 지하철 안 옆 사람들에게서도 왠지 모를 정이 느껴지기 시작하였다.

다정하게 팔짱 끼고 지나다니는 모습이나 온화한 표정으로 지나다니는 모습도 예전 같으면 속임수라고만 생각하였을 내가 이러한 곳에서도 잔정을 어느 순간부터 느끼기 시작하니 발전이 아닐 수 없었다.

신기한 것은 이렇게 마음이 자라고 잔정이 느껴지니 왠지 마음의 위안이 된다. 일이 잘 안 풀려 고심하는 때에도 이러한 미소나, 둘이서 다정하게 걸어가는 모습을 보면 일이 잘 풀릴 것 같다는 느낌도 들고, 복잡했던 마음이 정리되는 느낌을 받았다.

　그리고 올림픽 탁구에서 상대 선수와 몸 푸는 장면도 "어떻게 저렇게 할 수가 있지?" 하는 생각이 들기보다 이것도 알고 보면 치열한 경쟁 속의 잔정임을 느낄 수가 있었다.

　그리고 예전에는 면접시험장 대기실에 같이 옆에 앉아있는 사람들을 경쟁자로만 인식하고 어린 마음에 경멸스러운 시선을 보내기도 했는데 이제는 서로 가볍게 인사하며 처음 만난 사람들과도 정을 느낄 수 있어 서로 좋았다.

　안녕하세요? 여기 면접 오셨나 봐요?

　네. 그쪽도 면접 오셨나 봐요? 행운을 빌게요.

　네. 그쪽도 행운을 빌게요.

이렇게, 설령 빈말일지라도 괜스레 잘 될 것 같은 자신감이 생기고 마음의 안정을 느껴지게 하는 잔정을 느낄 수 있어 일상의 활력소가 되었다.

　흔히들 하는 뻔한 말들, "시험 잘 보세요." 이러한 것도 마찬가지였다. 그리고 가족도 아닌데 서로서로 장단점을 교환하고 대책을 알려 주는 것도 마찬가지였다. 다 치열한 경쟁 속의 잔정임을.

　이렇게 하니 어렸을 적에는 도무지 잘 웃을 일이 없던 내가, 남들은 청소년 때는 떨어지는 낙엽만 봐도 웃을 나이이고 나이 들수록 웃을 일이 없어져 싫다 하는데, 나는 오히려 스물이 되면서 이러한 것에 정이 느껴지기 시작하면서 미소 지을 일이 더 많아진 것 같다.

인생을
비춰주는
짧고 깊은 말

재능은 누구나 가지고 있지만,
재능을 실현하기 위해 걸어야 할
힘든 과정을 밟을 용기를 지닌 사람은 드물다.

―에리카종

인생이란 더러 끔찍할 때도 있지만 그래도 매혹스럽고 활기에 찬 경험이라는 것을 깨닫고, 나는 삶을 철저하게 누렸다. 한쪽 귀에는 탄식 소리가 들려 오더라도, 다른 쪽 귀에는 언제나 노랫소리가 들렸다.

―숀 오케이

한겨울에도 움트는 봄이 있는가 하면
밤의 장막 뒤에는 미소 짓는 새벽이 있다.

―칼릴 지브란

중년이란 한두 주일 뒤면
기분이 전처럼 좋아지겠지
하는 생각을 언제나 하면서 지내는 때.

―돈 마키스

품위가 깃든 주름살 앞에서는 고개가 숙어진다.
행복한 노년에는 이루 표현할 수 없는
새벽의 신선함이 있는 법.

―빅토르 위고

노령에 활기를 주는 진정한 방법은
마음의 청춘은 연장하는 것이다.

—콜린스

항구에 정박해 있는 배는 안전하다.
그러나 배는 항구에 묶어 두려고
만든 것이 아니다.

—존 A.셰드

나는 내 운명의 주인이요,
나는 내 마음의 선장이다.

—윌리엄 어네스트 헨리

처음 가보는 길은 누구나 다 그래

날이 밝기 직전에
항상 가장 어둡다.

—풀러

당신의 인생은
당신이 종일 무슨 생각을 하는지에 달렸다.

—에머슨

자기가 생전에는 결코 그 밑에 앉아 쉴 수 없다는
사실을 잘 알면서도 그늘을 드리워 주는 나무를 심을 때에
그 사람은 적어도 인생의 의미를 깨닫기 시작한 것이다.

—D. E. 트루블라드

노년은 청춘에 못지않은
좋은 기회이다.

―롱펠로

처음 가보는 길은 누구나 다 그래

5장

같은 것을 보아도
덜 아프고 덜 힘들다

긴급 호출하거나 아파서 살려 달라는 요청을
덜 하게 되는 우리를 발견하게 된다.

　상처가 시간이 갈수록 덜 아프고 덜 불편하여야지 상처
가 시간이 갈수록 오히려 더 아프고 더 불편해진다면 이는 분
명 문제가 있으며 비정상이다.

　우리네 인생도 상처처럼 시간이 지나면서 거슬리는 부분
이 덜해져야 하고 덜 불편하여야 한다.

사실 나이가 들면서 같은 것을 보아도 덜 아프고 덜 힘들다는 것은 여러 곳에서 찾을 수 있다.

먼저 간혹 힘든 사실이나 다소 충격적인 사실의 경우 "아직 당사자가 어리니 당사자에게는 아직 비밀로 해주세요."라는 말이 대표적이다.

나이가 어리면 같은 사실을 알았을 때도 정말 힘들고 어려워 어찌할 줄 모르는 경우가 많아서 이러한 부탁을 하는 것이리라 생각한다. 이 말은 나이가 들면 훨씬 덜 힘들고 덜 아프고 덜 신경 쓰이기 때문이라는 얘기다. 다소 그 사실이 힘들고 충격적일지라도. 여기에는 그만한 이유가 있다고 생각한다.

월드컵 같은 큰 대회에서 지고 우는 선수 중에 나이가 있는 선수들보다 어린 선수들이 특히 더 눈물을 더 많이 흘리는 것을 볼 수 있다. 청소년기에는 우리나라가 월드컵 경기에서 지고 있으면 상당히 원통하고 슬퍼했는데 20대가 되고부터는 큰 점수로 지고 있어도 그냥 그러려니 한 적이 적지 않다.

처음 가보는 길은 누구나 다 그래

부부 싸움하거나 하는 경우도 어린아이들은 그저 우는 반응만 보이는데 나이가 들면서 그러한 마음과 현상이 줄어드는 것도 한 예라 할 수 있다.

고등학생 시절 선생님께서 "모의고사 성적이 안 나왔다고 3학년 언니들이 펑펑 울더라." 말씀하신 적 있는데 20대 이상이 되면 같은 상황이더라도 확실히 눈물이 덜 나올 것으로 보인다.

이러한 예들은 하나같이 같은 것을 보더라도 나이 들면서 훨씬 덜 아파진다는 것을 보여준다. 내 경우에는 공부를 월등히 잘하는 친구와 대화하면 괜한 위축감이 심하게 들어서 대화 자체가 불편했다. 스물이 되고부터는 훨씬 성적이 좋은 친구, 훨씬 연봉이 많고 좋은 회사에 다니는 친구와 대화를 해도 위축감으로 힘들어하지 않고 자연스럽게 대화를 할 수 있게 되었다.

이렇게, 예전과 달라진 모습을 차근차근 명상하듯이 곱씹어 보기 바란다. 안 좋은 것을 보아도 덜 아파하고 신음이 덜 나는 자신을 발견할 수 있어 은근히 흐뭇하고 기분 좋을 것이다.

꽃

한마디로 요약하면 예전 같으면 난리가 났을 것이 나이 들면서 난리 안 나고 조용히 넘어가는 것이 많이 늘어난다는 뜻인데, 더 명확하게 과거와 달라졌음을 체감할 방법이 있다. 과거와 비교해서 눈물 짜증 지수의 비교를 해보는 것이다.

자신의 청소년 시절 예를 들어 똑같이 안 좋은 상황을 보았을 때와 지금 20대 시절부터의 마음의 고통 체감 지수를 곰곰이 비교해 보자.

예를 들어 청소년 시절에는 10점 중의 9점 정도로 아프고 힘들었는데 20대 초반에는 ○점, 20대 중반에는 ○점 하고 비교해 보는 것이다. 아마 갈수록 숫자가 줄어드는 모습이어서 놀랄 것이다.

이것은 계속되는 통증에 무뎌지는 것과는 다르다. 감정이 메말라져서도 아니다. 스무 살을 지나면서 어른이 됐다는 인증 같은 것이다. 더는 아이가 아니라는.

<나이가 들면서 같은 것을 보아도 덜 아파짐의 예시>

(1) 흔히들 많이 느낄 수 있는 것인데, '욱'하는 것이 줄어들었다.

(2) 쉽게 짜증 내는 일이 줄어들었다.

(3) 다투는 것을 보아도 어쩔 줄 모르던 것이 나이 들면서 많이 없어진다.

(4) 어릴 때는 같은 아픈 정도라도 신음이 났었는데, 지금은 안 난다.

(5) 여름에 더울 때 견디기가 어려웠는데 지금은 예의 갖춘다고 조금 덜 시원하게 입어도 더위가 덜 힘들게 느껴진다.

(6) 복잡하고 어려운 '불황', '이민' 같은 말만 들어도 정말 진저리나고 견디기가 어려웠었는데 나이 들면서 조금은 무뎌진다.

정말이지 나이 들면서 같은 것을 보아도 훨씬 덜 신경 쓰이고 덜 아픈 것은 나이가 주는 하나의 큰 선물이 아닐까 싶다. 이것은 곧, 나이가 들어 덜 힘들어지면서 필사적으로 싸워야 하는 일들이 줄어드는 것을 의미한다.

인생을 비춰주는 짧고 깊은 말

미지를 향해 출발하는 사람은
누구나 외로운 모험에 만족해야 한다.

―앙드레 지드

삶은 순간들의 연속이다.
한순간, 한순간을 사는 것이
성공하는 것이다.

―켄트

처음 가보는 길은 누구나 다 그래

한쪽 귀에는 탄식 소리가 들려 오더라도,
다른 쪽 귀에는 언제나 노랫소리가 들렸다.

—숀 오케이

인간은 패배하였을 때 끝나는 것이 아니다.
포기했을 때 끝나는 것이다.

—닉슨

위대한 사람은
절대 기회가 부족하다고 불평하지 않는다.

—에머슨

울지 않는 청년은 야만인이요,
웃지 않는 노인은 바보다.

―조지 산타야나

잔잔한 바다에서는
좋은 뱃사공이 만들어지지 않는다.

―영국 속담

전력을 다해서 시간에 대항하라.

―톨스토이

처음 가보는 길은 누구나 다 그래

6장

스물,
인생이라는 도로에서
정체 구간이 줄어드는
우리를 발견하다

어렸을 적에는 아마 다들 병원에서 "주사 맞고 가세요."
하는 말만 들어도 무서웠을 것이다. 하지만 나이를 먹으면서
더는 이러한 것이 무섭지 않다.

다수의 경험과 주사를 맞는 행위가 주는 이익이 더 크다는 것
을 알기 때문이다. '주사'라는 말에 더는 내 사고와 행동이 막
히지 않으며 장애물이 되지 않는다.

조금 웃길 수도 있지만 밤에 공포 영화를 보고 나면 화장실도 못 갈 정도로 무서워했었는데, 이제는 그러한 장애물이 없어졌다.

친구는 가정 형편이 좋은데 우리 집 형편은 그렇지 않은 것이 신경이 많이 쓰였는데 나이를 먹으면서 그러한 것이 없어지는 느낌이 드는 것도 막히는 구간이 줄어드는 것이며 장애물이 없어지는 예라 할 수 있겠다.

〽️

'피터 팬 증후군'이라는 것이 있다. 나이 먹고 어른이 되기를 두려워하는 증상이다. 내가 생각하는 이 피터 팬 증후군의 발생 요인 중 하나는 어렸을 적과는 달리 앞서 얘기한 형태의 장애물이 하나하나 없어져 가는 재미를 느끼지 못하고 그저 나이 먹는 것을 부담으로만 받아들이기 때문이라고 생각한다. 이것도 5장에서처럼 차근차근 명상하듯이 어렸을 적과 다른 자신의 모습을 너무 사소하고 당연하다며 그냥 놓치거나 넘기지 말고 하나하나 곱씹어가면서 비교해 보면 도움이 될 것이다.

그리고 또 하나, 예전에는 쉽게 할 수 없었던 것들이 이제는 쉽게 되는 것을 하나하나 찾아보는 것도 좋은 방법이다.

예를 들어 어린이 시절에는 설거지를 못 했었는데 지금은 능숙하게 한다던가, 어렸을 적에는 과일 깎기를 못했었는데 나이 들면서 잘 깎을 수 있게 되었다는 등등 이러한 형식으로도 곱씹어 보면 도움이 된다. 예전에는 혼자 씻지를 못했는데 지금은 씻을 수 있어서 도움이 없어도 된다는 등의 사소한 예부터 찾아보자.

인간의 사회성은 일단 '독립성'을 유지할 수 있다는 것을 앞에 두어야 한다. 스스로, 적절하게라는 독립성의 기준을 맞출수 있는 능력이 부족한 때가 청소년기다. 장애물 많고 저항을받아 마치 고속도로 정체 구간 같은 것이 바로 청소년기이다.

그래서 짜증이 나고, 불안과 불만이 쌓이고 자신에게 실망하게 된다. 이 실망감은 자존감과 자심감을 해치는 가장 깊은 함정이다.

그래도 괜찮다. 나이가 드는 것 만으로도 그 함정에서 빠져나오는 길이 여러 개 보인다.

<정체 구간이 줄어듦의 예시>

(1) 병원에 가서 주사 맞기가 무서웠었는데 이제는 안 무섭다.

(2) 친구들보다 가정 형편이 안 좋으면 신경이 많이 쓰였는데 지금은 신경이 별로 안 쓰인다.

(3) 이제는 빨래를 할 수 있게 되어서 빨지 못해 옷을 못 입는 일은 줄어들었다.

(4) 예전에는 부모님 안 계실 때면 음식을 못 만들어서 몸에 안 좋은 인스턴트 음식이나 기껏해야 라면을 끓여 먹는 일이 잦았는데 이제는 음식을 몇 가지 만들 줄 알아서 이러한 것이 많이 없어졌다.

(5) 이제는 노선도를 볼 줄 알아서 친구들끼리는 물론 혼자서 여행도 갈 수 있게 되었다.

(6) 가루약이 아니면 안 되었는데, 지금은 알약 복용을 할 수가 있어졌다.

(7) '불황'이나 '실업' 같은 단어 들었을 적에 너무나도 어렵고 괴로웠
는데 지금은 그러한 얘기가 나와도 별로 마음의 흔들림이 없다.

처음 가보는 길은 누구나 다 그래

에피소드 4

<영유아와 청소년 시절>

서너 살 아이 때 심하게 아파 병원에 갔다. 그런데 예상치 못한 복병이 등장하였다.

주사 한 대 맞고 가라는 것이었다.

정말 무섭고 어려워서 어찌할 줄 몰랐다.

결국, 억지로 이끌려 주사를 맞는다.

초등학교 저학년 때 또 걱정거리가 생긴다.

부모님 두 분 다 야간근무를 하는 조가 되는 차례라 이번 주는 밤에 집에 안 계신다.

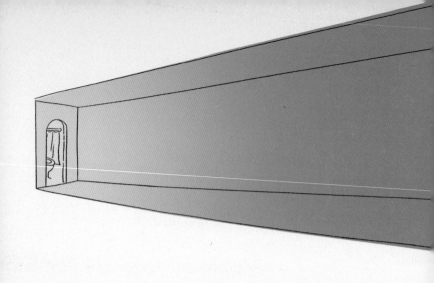

　　혼자 있기 너무 무서워 밤에 같이 잘 친구를 찾아 보았지만 당연히 찾지 못했다. 오늘 밤은 또 어떻게 버티는가 하는 생각이 머릿속에 가득했다.

　　공포 영화 끝나고 얼마 안 되어서 화장실을 가야겠는데 무서워서 도저히 가지 못하겠다.

　　　　　　　　　처음 가보는 길은 누구나 다 그래

　TV에 유괴 살인 사건이 보도되거나, 불황에 취업이 안 되어 자살했다는 내용이 나올 때마다 정말 아프고 걱정 때문에 아무것도 할 수가 없다.

　정말 세상은 나서기 두렵고 사투를 벌여야 겨우 살 수 있는 곳이다.

<스물 이후>

확실히 주사 같은 육체적 고통이나 걸리적거림, 그뿐만 아니라 정서적인 면에서도 하나하나에 정신 못 차리고 붕괴하는 일이 하나하나 줄어들어서 장애물이 없어짐을 느낀다.

부모님 안 계셔도 한밤중에 혼자 자는 데 크게 문제가 되지 않으며 설령 심야인 밤 열두 시에 공포 영화를 보아도 화장실은 제때 갈 수 있게 되었다.

그리고 TV 뉴스에 나쁜 소식이 나와도 적어도 우울감에 시달리지는 않는다.

이렇게 신경 쓰이는 것이 줄어드는 느낌이 좋았다.

피터 팬 증후군(어른 되기 두려워하는 증후군)도 이렇게 장애물이 하나하나 없어지는 잔재미를 느끼지 못하고 나이 먹는 것을 두려움으로만 인식하는 경향이 커서 그렇지 않을까 하는 생각이 든다.

처음 가보는 길은 누구나 다 그래

인생 공식 2

나이 먹어서 생기는 고민보다
이렇게 장애물이 하나하나 사라지는 재미도 생각해보자.

인생을
비춰주는
짧고 깊은 말

남을 아는 사람은 지혜 있는 자이지만
자기를 아는 사람이 더욱 명철한 자이다.
남을 이기는 사람은 힘이 있는 자이지만 자기
자신을 이기는 사람은 더욱 강한 사람이다.

―<노자>

강한 자가 이기는 것이 아니라 이긴 자가 강한 것이다.
개성과 인간과의 관계는 향기와 꽃과의 관계이다.

―시위브

처음 가보는 길은 누구나 다 그래

영웅이란 자신이 할 수 있는 일을 해낸
사람이다. 범인은 할 수 있는 일을 하지 않고
할 수 없는 일만을 바라고 있다.

—로맹 롤랑

어떤 사람은 과거의 기억을 되살려서
자기와 자기 몸을 학대한다.
어떤 자는 아직 보지도 못한 죄가 두려워서
자기 자신에게 상처를 입힌다.
어느 쪽도 어리석기 짝이 없는 것이다.
과거는 이미 관계가 없어졌고,
미래는 아직 오지 않았으니까.

—세네카

쉬워 보이는 일도 해보면 어렵다.
못할 것 같은 일도 시작해 놓으면 이루어진다.
쉽다고 얕볼 것이 아니고,
어렵다고 팔짱을 끼고 있을 것이 아니다.
쉬운 일도 신중히 하고 곤란한 일도
겁내지 말고 해보아야 한다.

一<채근담>

어린이를 불행하게 하는 가장 확실한 방법은
언제든지, 무엇이라도 손에 넣을 수 있게
내버려 두는 것이다.

一루소

처음 가보는 길은 누구나 다 그래

자신은 할 수 없다고 생각하고 있는 동안은
사실은 그것을 하기 싫다고 다짐하고 있는 것이다.
그러므로 그것은 실행되지 않는 것이다.

―스피노자

젊은이는 희망에 살고,
노인은 추억에 산다.

―프랑스 격언

이 행동에 대해
"나에게 책임이 있는가, 없는가?"
하는 의문이 생긴다면
당신에게 책임이 있는 일이다.

―도스토옙스키

처음 가보는 길은 누구나 다 그래

7장

인간 대 인간
동등함을 발견하다

적지 않은 중학교, 고등학교에서 교복 위에 걸치는 겉옷을 학생들 사이에 위화감을 조성한다면서 금지하는 예도 있었습니다. 어쩌면 어쩔 수 없는 것일지도 모르겠습니다. 실제로 예전 겉옷 외투로 계급까지 만들고 부모님께 친구들은 다 입는다면서 사 달라고 해서 '등골 브레이커'라는 이름까지 붙은 적이 있었으니까요.

어쩌면 외투를 단속할 수밖에 없는 이유가 앞서 말씀드린 친구들보다 조금만 덜 가져도 우울증에 빠지는 일이 많아 어쩔 수 없는 조치라고 생각되기도 합니다. 그리고 외투를 허용한다고 해도 청소년 시기에는 색상 제한이 있는 경우가 많으며 또한 양말의 색, 머리의 모양과 길이도 제한이 있고요.

하지만 이러한 제한은 스물이 되면서 복장, 양말의 색, 머리 모양과 길이도 자신이 원하는 대로 할 수 있게 됩니다. 외투도 추울 때 눈치 안 보고 입을 수 있고요. 이러한 것이 스물이 되면서 사회 구성원으로 동등하게 대우를 해주는 첫 번째 예시입니다.

✿

두 번째 예는 대중교통을 이용할 때 흔히 부딪치는 일입니다. 먼저 청소년 때는 아파서 걷지도 서지도 못해도 교통약자석에 앉지 못하고 그저 눈치만 살피는 경우가 많습니다. 하지만 20대가 되면 정중히 양해를 구하는 요량이 생겨 확실히 청소년 때보다는 오해나 봉변을 당하고 안 좋은 시선을 받을 확률이 줄어듭니다. 20대부터는 사회의 묵시적 규칙을 어긴 사유에 대해 이해 받는다는 의미입니다.

또 버스 같은 경우 등하교 시 청소년들이 많아서 안 좋게 보이는 예가 있습니다. 청소년들이 몰려 빈자리 차지하고 있으면 "어린 것들이 자리 차지 다 한다."라고 밉보인 경우가 적어도 20대 때보다는 많았을 것입니다. 실제로 고등학생 때 한 학생과 어르신이 버스에서 자리다툼이 있었는데 그 어르신은 "무조건 양보하는 것이 학생이야!" 하셨던 기억도 있습니다.

청소년을 안 좋게 보는 '급식충'이라는 단어도 20대가 되면 자연스레 사라집니다. 대놓고 티 내지는 않더라도 카페 같은 곳에서 청소년이 들어오면 속으로 싫어하는 경우가 적지 않은데 더는 신경을 쓰지 않아도 되고요. 등하교 시간이나 현장 학습 때 버스에 몰려 타게 되는 일도 20대가 되면 드물어져 불필요한 마찰을 피할 수 있게 됩니다.

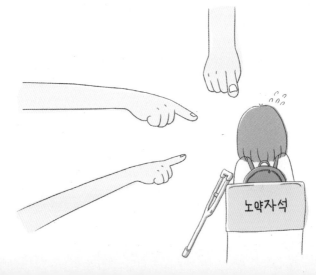

인간 대 인간 대우의 예시

(1) 당연하게 내 옷차림에 대해 단속을 받지 않는다.

(2) 대중교통을 이용하면서 아파서 내게 정당한 사유가 있다면 양해와 배려를 받을 수 있다.

(3) '수업 열심히 들으면 5분 일찍 끝내줄게', '마지막으로', '안 봐도 누가 그랬는지 다 안다' 등의 상대적 권위에서 오는 심리적 압박감이나 속임수를 당하는 일이 스물 이후부터는 흔치 않다.

(4) 친구들 보는 앞에서 손톱이 너무 길다고 모욕적으로 혼나면서 손톱깎이로 손톱 잘리는 것을 보았다. 아마 그 친구는 엄청나게 모욕감을 느꼈으리라. 스물 이후가 되면 다시는 그런 일이 벌어지지 않는다.

(5) 그리고 무작위적인 소지품 검사가 스물 이후에는 없어지는 것도 한 예시가 될 것이다.

특히 청소년에게 엄격하게 적용되는 규칙과 규제는 의도와 배경을 알게 되면 충분히 이해할 수 있다. 하지만 단지 스무 살이 되는 것 만으로 극적으로 달라지는 것은 아닐 것이다. 다만 서로서로 인간 대 인간으로 동등하다는, 또는 이제 사회적으로 수용되는 연령이 되었다는 것을 인정하고 인정받음으로써 되면서 예전에는 어느 정도 정당한 것도 잘 말하지 못해 받았던 오해가 상당 부분 줄어듦을 알 수 있을 것이다.

에피소드 5

<우리들의 10대 시절이라면>

어, 저기 머리카락이 기네. 저기 외투 규정에 어긋난 색을 입었네. 압수! 저기 양말 색 규정 어겼네. 저기 파마를 했네.

오늘도 어김없이 교문에서 선도부와 교사에게 지도를 당하고 규정 어긴 것에 대해 벌을 받는다. 소지품 검사에서도 비싼 로션과 목걸이 등을 압수당했다. 압수당한 물품이 다시 돌아오는 일이 없고, 오늘 비도 오고 추운데 외투 입었다고 압수당해 벌벌 떨며 집에 갔다.

뭐 이렇게 금지하는 것이 많은지 모르겠다.

처음 가보는 길은 누구나 다 그래

외투는 아직 감수성 예민한 아이들이 많아서 위화감을 조성한단다. 서로 부모님께 사 달라고 해서 부모님 부담도 늘어난다는 것이 금지의 이유인데 매일 추위와 씨름하며 등교해야 하는 학생들에게는 잘 이해가 되지 않았다.

그리고 왠지 카페나 식당에 들어서면 우리 나이대가 들어오는 것을 반기지 않는 눈치들이 많이 느껴졌고 버스나 지하철을 타더라도 우리 나이대가 타면 한꺼번에 몰려 타는 경우 많다며 민폐라고 눈치 주는 것이 느껴진다.

어느 날 걷던 중 갑자기 다쳐서 갑작스럽게 걷기 서기도 어렵게 되었다. 하지만 당장 택시를 탈 여력이 되지 않았다. 겨우겨우 버스정류장까지 걸어가 버스를 탔다. 자리가 있기는 있는데 교통약자석밖에 없었다. 걷기도 서기도 어려워 교통약자 석에 앉을 수밖에 없었다. 아니나 다를까 한 어르신이 임신한 딸과 다가와서 양보를 해 달라고 하셨다. 걷고 서기가 어려워 정말 죄송합니다. 저도 지금 다쳐서 걷고 서기가 어렵습니다. 정말 죄송합니다. 다시 한번 진심으로 머리 숙여 사과드립니다.

임신한 딸과 어머님은 단호했다. 무조건 양보해주는 것이 학생이라며 위협하기 시작하셨다, 주위 승객들도 양보해주지 않는다고 눈총을 심하게 보내기 시작하였고, 어린 것이 양보 안 해준다고 욕을 해대기 시작했다.

결국, 억지로 자리를 양보했고, 정말 지옥을 맛볼 수밖에 없었다, 잘못한 것도 아닌데 엄청난 벌을 받은 느낌이었다.

처음 가보는 길은 누구나 다 그래

\<20세 이상이라면\>

오늘 날씨가 영하 10도다. 하지만 눈치 안 보고 아무 외투나 입을 수가 있어서 좋다. 양말도 아무 색상을 신어도 단속되지 않아서 좋았다. 외투를 아무것이나 입어도 되어서 그렇게 심각한 걱정을 하지 않고 나올 수가 있어서 어느 정도 해방된 느낌이었고, 다소 값나가는 목걸이도 소지품 검사로 빼앗기는 경우가 잘 없어 걱정이 줄었다, 그리고 이제 카페에 들어갈 때나 대중교통 탈 때 예전처럼 대놓고 싫어하는 기색은 찾아볼 수 없다.

어느 날 갑자기 다리를 다쳐 제대로 걷고 서기가 어려웠다. 하지만 택시를 타기에는 여건이 되지 않아 겨우겨우 땀 흘리며 버스정류장까지 왔다. 버스를 타니 자리가 있기는 한데 교통약자 석밖에 없었다. 걷고 서기가 너무 어려워 교통약자 석에 앉을 수밖에 없었다. 잠시 후 임신한 딸과 어머님이 오셔서 자리 양보를 해주면 어떻겠냐고 하였다.

죄송합니다, 저도 지금 다쳐서 아파 걷고 서기가 어렵습니다, 다시 한번 머리 숙여 사과드립니다, 정말 죄송합니다.

자리 양보를 못 해 드리는 상황이라 이렇게 사과를 드렸더니 "아니다. 걷고 서지 못하는 사람이 먼저지." 하시면서 흔쾌히 넘어가셨다.

다른 승객분들도 당연히 걷고 서지도 못하는 사람 우선이라며 이해해주시는 분위기였다. 이러한 상황을 이해해주셔서 감사드리고 덕분에 편하게 버스를 이용할 수 있었다.

7장. 인간 대 인간 동등함을 발견하다

인생을
비춰주는
짧고 깊은 말

운명은 용기 있는 자 앞에 약하고
비겁한 자 앞에는 강하다.
웃으라, 그러면 이 세상도 함께 웃을 것이다.
울어라, 그러면 너 혼자 울게 되리라.

—윌콕스

자기가 할 수 있는 모든 것을 하는 것은
인간이 되는 것이고,
자기가 하고 싶은 모든 것을 하는 것은
신이 되는 것이다.

—나폴레옹

처음 가보는 길은 누구나 다 그래

일생에 있어서 기회가 적은 것은 아니다.

그것을 볼 줄 아는 눈과 붙잡을 수 있는 의지를

가진 사람이 나타나기까지 기회는 잠을 자는 것

이다. 비록 재난이라 할지라도 그것을 휘어잡는

의지 있는 사람 앞에서는 도리어 건설적인

귀중한 가능성을 품고 있는 것이다.

—로런스 굴드

인생은 한 권의 책과 비슷하다.

바보들은 그것을 아무렇게나 넘기지만

현명한 사람은 차분히 그것을 읽는다.

왜냐하면 그들은 단 한 번밖에

그것을 읽지 못한다는 것을 알고 있기 때문이다.

—장 파울

태어났음의 비극은 피조물성 속에 있는 균열, 즉 시간과 공간으로 제한된 일정 기간의 생명이 신비한 힘으로 우리의 의식 없이 우리에게 부여되어 있다는 불가지성(不可知性) 속에 있는 것이다. 객관적으로는 짧은, 그러나 주관적으로는 지루하게 긴 우리의 생에서 그래도 진줏빛 광채를 지닌 기간이 있다면 그것은 유년기이리라.

유년기—그것은 누구에게나 실낙원이다. '더는 어린이가 아니라는 것은 부도덕한 일이다'라고 어떤 시인은 말했다. 어린 시절은 의외의 놀라움, 신비와 호기심, 감동에 넘친 지루하지 않은 한 페이지다. 그리고 우리는 몇 살이 되어도 그 장을 펼쳐보고 싶어진다.

영원한 그리움—그것은 고향에 대한 것이다. 원류(源流)에 대한 동경… 영원의 고향에 대한 거리감에 앓는 것, 그리고 그곳으로 귀향하려는 노력을 플라톤은 향수라 했다.

어릴 때 우리는 모두 초시간적이고 불사신이었다. 존재의 상처를 모르는 이상주의자였다. 성장한 뒤에도 어린 마음을 상실치 않는 이상주의자, 즉 영원한

유아는 현실과 부딪칠 때 늘 생사를 건 모험을 하게 된다. 키르케고르는 말했다.

"어린애로서 즉 이데알리스트로 이 세상에 존재한 다는 것은 매우 어려운 일일뿐더러 종종 카타스트로 프(破局)를 가져온다."

생에 좌초한 '어린애들'을 디디고 서서 개가를 올 리는 것은 어느 세대에나 영원한 속물들, 인간을 목 적으로 알지 않고 수단으로 아는 바리새인들, 현명한 준법자들, 투철한 리얼리스트들이다. 그러나 그들에 게는 마음의 고향이, 이데아가 없다. 따라서 유년기 가 없다.

—전혜린,
<그리고 아무 말도하지 않았다> '홀로 걸어온 길'

어린이는 의문부호의 바다로 둘러싸인

호기심의 섬.

―셸 석유회사 광고

처음 가보는 길은 누구나 다 그래

8장

'털어 먼지 안 나는 사람은 없다'와,
'문제가 1도 없는 조직은 없다'는 의미

세상의 평행이론의 계략

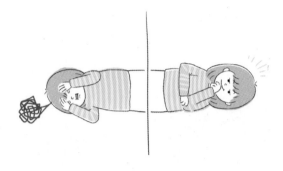

🌿 여러분은 '다 부질없다'라는 말의 의미를 어떻게 받아들이는지? 아마 많이 노력해봤자 가난을 탈출할 수 없다거나 효과가 없다, 이렇게 생각하는 분이 많을 줄 안다. 하지만 여기서 이 부질없다는 뜻을 역연산하여 평행이론에 적용해 보고자 한다.

흔히들 요즈음 좋은 대학교 나와도 취업이 어렵다, 하늘의 별 따기다, 청년 실업에 시달린다는 얘기를 많이들 들어 봤을 것이다. 이 말을 액면 그대로 해석하여 우울한 것이 아니라, 지방대나 명문대나 어렵다고 생각하거나 명문대를 못 갔더라도 기회가 있다 이렇게 해석하는 연습을 해보면 도움이 될 것이다. 이것은 어쩌면 본인이 부족하고 조금은 까딱 걸려 넘어져도 그렇게 초조해하지 않아도 됨을 의미한다.

　미스코리아도 어렸을 적에는 감탄사가 절로 나왔었는데 화장 지우고 하면 다 똑같다, 그냥 사람이다. 사람은 다 비슷하고 사람 사는 곳 다 똑같다, 이렇게 인식하면서 안심하게 되었다. 이렇게 하나씩 찾아보고 생각하는 연습을 하다 보면 도움이 될 것이다.

　실제로 최근 통계에 의하면 법원에 개인회생을 신청한 사람 중 40% 정도가 우리가 선망하는 의사, 한의사, 치과 의사라는 통계가 있다. 의사 한의사 치과의사는 절대 이러한 신청을 할 일이 없을 줄 알았는데 이러한 일이 생기는 것이다.

이뿐만이 아니다. 응급실에서 술에 취한 환자들에게 폭행을 당하는 의사들도 많다. 심하게는 골절상을 입은 예가 보도되고 어떤 분은 환자에게 살해당하기도 했다.

어디 의사뿐인가. 변호사들이 사기를 당하는 경우가 있다는 얘기를 듣다 보면 무조건 좋기만 한 것은 없다는 평행이론이 생각난다.

참고로, 약사도 업무 강도가 굉장히 높고 흔히들 말하는 못된 손님들도 다른 곳보다 조금 많은 편이라서, 약사도 전형적인 흔히 말하는 3D 업종에 포함된다는 얘기도 들었다.

아이돌 7년설이라는 말도 있다. 아이돌 그룹이 7년을 잘못 넘기고 해체되는 경우가 많다는 말로, 이것 또한 언젠가는 우리 모두 같은 운명을 걸을 수도 있다는 것을 암시하는 것으로 보인다.

북반구와 남반구의 계절 변화를 보았을 때 어느 때는 북반구가 여름이 되고, 어느 때는 남반구가 여름이 되며, 어느 때는 북반구가 겨울이 되고, 어느 때는 남반구가 겨울이 되는데 이것을 우리 생활 속에 적용해 보면, 어느 곳에나 이면이 있다는 것을 암시하고 있는 것은 아닐까?

이와 유사한 현상을 느낀 적이 있는데, 원래 거주하는 지역에서 다른 지역에 갔다 왔을 때 다른 지역이 어느 부분은 조금 다르게 보이지만 왠지 모르게 상당히 같고 비슷하다는 인상을 받았다. 그리고 그때 "아, 이러한 것이 평행이론이구나." 하고 생각했다.

이러한 방식을 적용해 나가다 보면 '이것은 어쩌면 이 세상이 각박해지지 말라는 신의 계시나 명령인지 모르겠다.'라는 생각을 하지 않을 수 없다. 그렇다. 국가원수나 국회의원이나 쪽방촌 서민이나 나름의 고민과 고통이 엄연히 존재하며, 이것은 어쩌면 신께서 이렇게 설계하여 서로 이해하고 끌어안으라는 계시이자 명령으로 보인다.

에피소드 6

<10대 시절>

의사 변호사 한의사 치과의사 이러한 업종의 얘기를 들을 때마다 나는 왜 이러한 직업을 가질 능력이 안 되는지 원망스러웠다.

그리고 농구선수나 배구 선수들만큼 키가 크지 않은 것도 원망스러웠다. 왜 천부적인 운동신경을 타고나지 않았을까 하고.

지능이나 운동신경을 타고나면 평생 돈 걱정 없이 먹고 살 수 있었을 것인데 그것이 안 되니 이렇게 고생스럽게 살 수밖에.

그리고 소위 말하는 명문대에 진학할 머리가 안 되는 것도 원망스러웠다.

　　명문대 나오면 평생 탄탄대로 인생이 보장되는데 나는 왜 그러한 머리를 가지지 못하였는가?

　　이렇게 부러워하면서 입이 쫙쫙 벌어졌다.

　　그리고 미스코리아나 미스월드 수상자도 너무나 부러웠다.

　　최고의 자리에 오르고 무엇보다 선천적으로 미모와 몸매를 타고난 것이 너무 부러웠다. 그리고 비행기 승무원들도 너무 예뻐서 입이 쫙 벌어지며 저렇게 되었으면 좋겠다 하는 생각을 쉴 틈 없이 했었다.

　　역시 인생은 출발선이 다르며, 이미 출발선에서 뒤에 가 있으면 어떻게 하여도 안 된다는 것을 절감하였다.

처음 가보는 길은 누구나 다 그래

143

   잘 생각해보니 우리네 인생에도 공통적 요소가 있다는 것을 알았다.

   뉴스를 보니 의사 한의사 치과의사들이 법원에 개인회생을 신청한 경우가 40%에 달한다는 얘기가 나온다, 처음에는 의아했다. 의사 한의사 치과의사라면 예로부터 돈 잘 버는 직업의 대명사인데 어떻게 개인회생을 신청을 할 수가 있지?

   그리고 응급실에서 의사들이 폭력을 자주 당한다는 뉴스도 접하였다.

   이렇게 보면 아무리 잘나가고 선망의 대상인 직업도 망할 때가 있으며, 큰 고민이 있을 수 있음을 알았다. 속내를 들여다보면 어쩌면 일반 사람들과 다름이 없는 부분도 적지 않음을 알 수 있었다.

   변호사들도 요즈음 수가 너무 많아서 늘 긴장하지 않으면 벌이가 힘들다고 하는 경우도 보았다. 변호사 하면 그냥 손쉽게 다른 사람들보다 돈을 많이 번다고 생각하기 쉬운데 속내는 역시 그것이 아니었다.

   그리고 미스코리아나 미스월드도 화장 지우고 하면 그냥

일반 사람들과 다를 바가 없다는 것은 사진이나 유튜브 등을 통해서 알 수 있었다. 여기에서 '부질없다'라는 단어를 이 평행이론에 적용해 보면, 요즈음 명문대를 나와도 취업이 어렵다는 말이 나오는데 무조건 이 현실에 한탄만 하는 것이 아니라 명문대 출신이 아니더라도 기회는 있다, 이렇게 해석하는 연습을 해보면 좋겠다고 생각하였다.

그러자 조금 안심이 되었고 종착역이 비슷한 경우도 적지 않음을 알았다. 결국은 다 치킨집 사장님이 되는 슬픈 현실, 명문대 졸업하고도 택시 기사나 시내버스 기사를 하는 예도 있다. 종착역은 다 비슷하다. 조금 부족하고 삐끗 걸려 넘어져도 초조해하지 않아도 된다.

우리 인생은 겉으로 좋아 보이는 경우도 공통 뿌리가 엄연히 존재하며, 이렇게 적용해 나가다 보니 그것이 곧 각박해지지 말고 서로 끌어안으라는 신의 계시이자 명령인지도 모른다고 생각하게 되었다.

인생을
비춰주는
짧고 깊은 말

정해진 해결법은 없다.
인생에 있는 것은 진행 중인 힘뿐이다.
그 힘을 만들어내야 하는 것이다.
그것만 있으면 해결법 따위는
저절로 알게 되는 것이다.

—생텍쥐페리

행동의 씨앗을 뿌리면 습관의 열매가 열리고,
습관의 씨앗을 뿌리면 성격의 열매가 열리고,
성격의 씨앗을 뿌리면 운명의 열매가 열린다.

—나폴레옹

인생의 목적은 끊임없는 전진에 있다. 앞에는 언덕이 있고, 시내가 있고 진흙이 있다. 걷기 좋은 평탄한 길만은 아니다. 먼 곳으로 항해하는 배가 풍파를 만나지 않고 조용히만 갈 수는 없다. 풍파는 언제나 전진하는 자의 벗이다. 풍파 없는 항해는 얼마나 단조로운 것인가, 고난이 심할수록 나의 가슴은 뛴다.

—니체

현대인이 저지르기 쉬운 3가지 정신적 범죄

1. 모르면서 배우지 않는 것.
2. 알면서도 가르치지 않는 것.
3. 할 수 있는 데도 하지 않는 것.

—캐리

'현실로 사는 인간'이라는 말의 의미가, 현대에 있어서는 분명히 예전보다 애매해졌다. 인간은 누구나다 자연의 단 한 번뿐인 귀중한 실험이다. 그런데 그런 인간을 현실적으로는 대량 학살하고 있는 실정이 아닌가. 만약에 우리가 단 한 번뿐인 인간 이상의 것이 아니라면―즉, 우리 하나하나를 총탄으로 깨끗이 이승에서 말살해 버릴 수 있는 것이라면, 구태여 이러쿵저러쿵 말하는 것조차가 이미 무의미한 것이리라. 그러나, 그 어떤 인간이든 간에 모두가, 자기 이상의 존재인 것이다. 필경, 거기서 세계의 가지가지 현상이 오직 한 번뿐, 두 번 다시 되풀이하지 않는 모습으로 교차하는 하나의 '점(點)'-그야말로 특수한 단한 번뿐인 '점'인 것이며, 그 어느 경우를 보더라도 중요하며 불가사의한 점에 다름이 없는 것이다. 그러므로, 그 어느 사람에 관한 이야기도 소중하며 영원하며 거룩하고, 그 어느 사람이건 적어도 그가 살아 있고 자신의 의지를 다해 가고 있는 한, 그 자체가 경이이며 주목할 만한 존재이다. 그 어느 인간도 영혼으로 형성된 존재요 또한 살아 있는 존재로서의 고뇌로 괴로워하며, 구세주처럼 십자가에 매달리는 존재임에는 다름이 없기 때문이다. 인간이란 무엇인가, 오늘날 그것을 아는 이는 적다. 그러나, 그것을 많은 사람은 감득하고 있고, 그 덕택으로 편안히 죽어간다. 내가 이 이야기를 다 쓰고 나서 편히 죽어갈 수 있을 것처럼.

　　　　　　　—헤르만 헤세, <데미안> 프롤로그

남자는 마음으로 늙고
여자는 얼굴로 늙는다.

ー서양 속담

처음 가보는 길은 누구나 다 그래

9장

잡음 많은 청소년 시절,

그리고 나이는 만병통치약

"결혼은 만병통치약이 아니다. 모든 것을 해결해 주지는 못한다."

한 번쯤 들어본 적 있는 말일 것이다. 그렇다. 현실적으로도 결혼한다고 모든 것이 해결되는 것은 아니며 오히려 문제를 만들어내기도 한다는 얘기도 많이 들었다. 하지만, 감히 나이는 만병통치약이라고 말하겠다.

아기 때는 시도 때도 없이 울어대서 부모님 잠을 설치게 했고, 대중교통이나 비행기를 타야 할 때면 아기가 울어대면 어쩌나 해서 진땀을 흘리게도 했다. 어디 그뿐인가. 영유아기와 어린이 때는 한눈파는 사이에 다치거나 큰일이라도 생길까 싶어서 제대로 씻지도 먹지도 못한 채 잠시도 눈을 떼지 못했다. 장난감 진열대를 지나갈 때마다 떼를 써서 힘들게 했고, 청소년기에는 예민하여 마음에 안 들거나 할 때 문을 쾅 닫아 버리기 일쑤였다.

　　　　　　처음 가보는 길은 누구나 다 그래

이처럼 청소년기에는 누군가의 희생이 요구되는 경우가 많은데 스물이 되면서부터는 그런 것이 줄어들어서 서로 win win 관계가 형성되기 시작한다. 나이가 만병통치약이 된다는 것이 바로 그런 것이다.

이 밖에도 남들과 다른 점이 보이거나 흠이 발견될 때 놀리기에 급급했던 기억이 있을 것이다. 하지만 나이를 먹어가면서 그러한 행동들은 사라지기 마련이며 약점을 감싸고 어려운 일에 위로가 되어주기도 한다. 그러한 변화도 나이가 만병통치약이 될 수 있다는 증거다.

또, 이때가 되면 서로서로 나도 남에게 부담 안 되어서 좋고 남도 나를 부담스러워하지 않아서 좋은 win, win 기분 좋은 승리를 할 줄 알게 되는데 이것도 나이가 만병통치약이 된다는 증거가 될 수 있다.

※

'나잇값'이라는 말이 있다. 나이에 걸맞게 행동하라는 얘기다. 나이를 먹으면 투정 부리거나 차별하면 못쓴다. 떼를 쓰면 꼴불견일 나이다. 나이에 따르는 책무를 다함으로써 오히려 편해질 수가 있다. 어른스러움이란 편협함에서 벗어나 세상을 넓게 바라보는 것이다. 나잇값을 하지 못할 때 어른 대접을 받을 수 없는 것은 그 미숙함이 공동체의 타인에게 부담을 안기기 때문이다. 나잇값을 하자면 세상에 대한 책무를 다해야 하므로 당연히 부담이 따른다. 하지만 나잇값 부담을 통해 서로를 이해하며 세상을 같이 살아가는 사람 사는 재미를 느낄 수 있다. 나잇값이란 인생의 상승기류에 올라탈 수 있는 절호의 기회다. 그 기회를 잡아야 한다.

<나이 들면서 서로 부담 안 되어 좋은 예시>

(1) 주사를 맞힐 때 울고불고해서 힘들었는데 나이 먹으면서 안 그렇
게 되어 부모 자식이 모두 편하고 좋다.

(2)) 어린 시절에는 주의력이 부족해 남에게 피해를 주고, 그로 인
해 다툼이 일어나는 경우가 많았는데 스물이 되면서 그러한 일
들이 줄어들었다.

(3) 가지고 싶은 것이 있으면 조르기 일쑤여서 부모님들이 여러모로
힘들었다. 오죽했으면 제발 과자 같은 것을 계산대 앞에 진열하
는 문제가 사회적으로 논란이 되었을까? 스물이 되면서 이러한
일들이 없어져 서로서로 부담이 안 되는 점,

(4) 어머니 백에 낙서하거나 종이를 찢는다. 휴대전화를 가지고 놀다
망가뜨리기도 한다. 이러한 일은 나이 먹으면서 없어진다.

(5) 똑같은 의료 시술이 성인은 1분이면 되는데 어린이는 4~5분 또
는 그 이상이 걸린다. 아이들이 가만히 있지 않기 때문이다. 이제
는 그러지 않게 되었다.

(6) 사춘기 청소년 시절에는 본인이 예민하여서 무슨 말을 하지도 못
하였는데 이제는 서로 편한 진지한 대화가 된다.

(7) 인천 2호선에서 고등학생들이 장난치다 실수로 열차 비상 정지
버튼에 손이 가서 열차가 5분가량 멈추는 사건이 있었다. 아마 스
물 이상이 되면 더는 그런 장난을 치지 않을 것이다.

(8) 청소년 시절에는 자기가 좋아하는 가수나 운동선수를 욕하면 싸
움이나는 경우가 있었는데, 그런 이유로 싸우는 일이 줄었다.

에피소드 7

<영유아와 미성년자 시절이라면>

아기 좀 어떻게 해봐. 매일 밤 울어대니 잠을 못 자서 회사 가면 일에 집중이 안 될 지경이야!

오늘 아침도 출근 시간에 남편과 아내 사이에 이렇게 작은 실랑이가 벌어졌다. 하지만 아기는 이 사정을 아는지 모르는지 새벽마다 울어댔다. 그리고 더 큰 문제는 고요한 새벽 시간에 옆집에도 아기 울음소리가 만만치 않게 들려서 우리

집에 불만을 표시한다는 것이었다. 옆집도 새벽에 깊은 잠을 자기가 어렵다는 것이다. 하루, 아니 정말 한 시간만이라도 제대로 숙면을 해 봤으면 소원이 없겠다.

아기가 걷기 시작하면서 위험스러운 물건을 자주 만져 아슬아슬했고, 아무것도 모르고 위험한 난간 같은 곳에 올라서서 위험천만한 상황이 수시로 연출되었다. 위험천만한 상황 발생해 아이가 다칠까 봐 한시도 눈을 뗄 수가 없는 것이 너무 힘들다. 또, 유모차 끌고 대중교통을 이용하려니 이래저래 눈치 보인다. 한창 붐비는 시간에 공간을 차지하기 때문이다.

다섯 살이 되었지만 달라진 것은 없다. 오늘도 장난감매장 앞에서 한바탕 소동을 빚었다. 눈앞에 진열된 화려한 장난감들 앞에서 오늘도 막무가내 떼를 쓴다. 아이의 떼를 못 이겨서 들어가는 돈이 더 많다.

청소년기, 예민한 사춘기인지라 사소한 것 하나에도 신경을 써야 한다. 무심코 내뱉은 말 한마디에도 신경질이 보통 아니다. 조금만 덜 행복하고 남들보다 조금만 덜 가져도 많이 불행하다고 단정 지어 버릴 나이인지라 일일이 살피기가 너무 어렵다. 마음에 들지 않으면 문을 쾅 닫고 들어가 버리기가 일쑤다.

처음 가보는 길은 누구나 다 그래

오늘 학교 급식비 식별기에 급식비 미납자라고 나와서 왜 급식비 안 냈는지 귀가하자마자 아이가 상처받았다고 따지기 시작하였다. 한창 감수성 예민한 아이들을 배려하지 않는 학교가 굉장히 원망스럽기 짝이 없었다. 오늘도 몸과 마음이 지쳐만 갔다.

<20세 이후라면>

옆집 아기 때문에 잠을 설치는 일은 없어졌다. 아이가 이미 초등학교에 들어갔기 때문이다.

당연히 장남감 가게 앞에서 발버둥치며 우는 모습도 이제 볼 일이 없다. 청소년 때와 달리 하나하나 사소한 것에 예민해서 마찰 빚는 일이 줄어서 살 것 같고 편해졌다.

여전히 만만치 않은 밥값은 부담 되지만 언제든 내가 형편에 맞춰 조절할 수 있으니 싫은 소리를 듣지 않아도 된다. 이렇게 서로서로 편해지니 나도 남에게 부담 안 되어 좋고 남도 나를 부담스러워하지 않아서 좋은 win win 관계가 성립되었다.

처음 가보는 길은 누구나 다 그래

나름 여기에서 win, win 선순환 3단계가 만들어졌는데,

(1) 처음에는 의무 아닌 의무를 강요받아 굉장히 힘들다.

(2) 실천해나가다 보면 상대방에게 부담을 주지 않는다는 것을 알게 된다.

(3) 상대방이 부담스러워하지 않음을 느낌으로써 나도 좋고 남도 좋은 선순환을 경험하게 된다.

그렇다. 스물이 되면서 지난날 서로에게 부담이 되었던 많은 일이 사라지고, 그럼으로써 자연스럽게 좋은 관계가 형성된 것은 나이가 주는 큰 선물이었다.

인생을
비춰주는
짧고 깊은 말

아침에 자리에서 일어날 때는 감정의 고양도 없고 물론 '하고자 하는 마음'도 생겨나지 않는다. 그러므로 우선 준비운동으로서 기지개를 켜기도 하고, 하품도 하고, 팔이며 배며 목을 긁는 사람도 있다. 하품은 근육 중의 근방추를 늘이기 위함이고, 팔, 배, 목을 긁는 것은 마찰이며, 혈액 순환이 잘 되게 하기 위한 것이다. 준비운동은 왜 하는가? 먼저, 야구장의 불펜은 왜 있나를 생각해보자. 이를테면 피처가 준비운동을 하기 위해서 있는 것이다. 야구의 피처가 준비운동을 함으로써 '하고자 하는 마음'을 만들고 있는 것이다.

—니체—미우라 유우고, <교섭의 명수>

현재의 세대 간의 오해는 별로 신기한 것이 아닙니다. 아마 이것은 불가피한 것이며 기성세대는 젊은이들의 성급함과 증오에 대하여 관용과 인내로 대해야 할 것입니다. 젊은이들과는 달라서 늙은 세대도 한때는 젊고 무책임했던 경험이 있으니까요. 더욱이 지금은 책임질 자리에 서 있지만, 그와 동시에 '카아마(과거의 모든 행동의 축적적 응보; 業)'의 피해자이기도 하며 세계를 젊은 세대가 요구하는 세상에 가깝도록 이끌어가려고 제아무리 노력하고 제아무리 희망했다고 해야 행동의 자유는 크게 제약받고 있다는 것을 알고 있기 때문입니다. 따라서 두 세대 간의 화해를 시도하자면 기성세대가 주도권을 잡지 않으면 안 되리라 생각됩니다.

　　　　　　　　　　—토인비, <대화>

물거품을 올리고 있다. 이 폭포의 변화무쌍한 음영이야말로 진정 아름다움에 차 있다. 그 음영의 변화에서 향기로운, 싸늘한 속삭임이 사방에 퍼진다. 이거야말로 인생의 노력을 비춰 주는 것이다. 인생이란 그 폭포의 흐름과 같은 아름다운 음영 속에 있는 것이다.

—괴테

10장

수용의 아름다움

🌿 어렸을 적에 키가 작거나 다른 친구들에게 있는 것을 얻지 못하거나 하는 것에 대해 굉장히 창피해하고 심지어 화가 났던 경험이 있을 것이다. 하지만 나이를 먹어 가면서 자신에게 부족한 부분을 수용하는 능력이 생기고, 편해짐을 느낄 수 있을 것이다. 그러한 변화 역시 나이가 주는 선물이라고 할 수 있다. 자신을 자신 그대로 보는 힘이 생긴 것이다. 수용의 아름다움을 알게 된 것이다.

간혹 철없는 어린아이들이 "내 친구는 저렇게 부자인데 우리는 왜 가난해?"라고 말할 때 그것이 철없는 투정임을 알게 되는 것이 바로 '수용의 힘'이다. 자신의 현실을 직시하고 삶을 수용하는 것, 그 위에서 꿈을 잃지 않는 것, 즉 '수용의 아름다움'을 깨닫는 것이 곧 자신의 삶 속에서 자존감을 찾고 자기만의 생을 펼쳐나가는 탄탄대로가 되리라는 것이다.

에피소드 8

<10대 시절>

나보다 더 키가 크고 성적이 좋은 친구와 대화하려면 열등
감에 미칠 지경이었다.

더 좋은 옷을 입고 온 친구와 대화하거나 옆에 있으면 정
말 불편하기 짝이 없었다.

내가 너무 보잘것없어 보이기 때문이다.

그래서 인간관계를 피하는 성향이 있었다.

그리고 TV에 유명한 사업가나 억대 연봉자가 나오면 정말
미칠 것만 같았다.

나는 왜 저런 운을 타고나지 않았을까 하고.

오늘도 이러한 비교와의 싸움을 시작하였다.

평행이론의 공통 뿌리가 있다는 것을 느끼면서 성적 좋고 연봉 많은 친구와 대화할 때도 크게 불편한 점은 없었다. 나이를 먹고 마음이 자라면서 자신 그대로를 바라보는 힘이 생겨 이렇게 된 것인지도 모르겠다. 이제는 예전처럼 그렇게 남과 비교해 심각한 싸움을 하지 않아도 돼 어느 정도 마음이 편해졌고 앞길만 생각할 수 있게 되었다. 조금 부족하지만 크게 열등감을 느끼지 않았고, 할 수 있다는 자신감을 그대로 유지할 수 있어서 좋았다.

인생을 비춰주는 짧고 깊은 말

시간이란 이를테면 강—모든 생성되는 것으로 이루어진—이요, 격렬한 흐름이다. 어떤 사물이 보이는가 했더니 곧 흘러가 버리고, 다른 사물이 그 자리에 나타났는가 했더니 그것도 역시 떠내려가 버린다. (…) 아침에 일어나기 싫을 때는 이렇게 생각하라. "인간의 임무를 수행하기 위해 나는 일어나야 한다." 나는 그 역할 때문에 세상에 태어났는데 불평불만을 터뜨린단 말인가? 아니면 나라는 인간은 이불 속에서 몸을 따뜻이 감싸기 위해 태어났단 말인가? "그렇지만 이편이 기분이 좋은걸." 그렇다면 당신은 기분만 좋기 위해 태어났는가? 대체 당신은 사물을 수동적으로 경험하기 위해 태어났단 말인가? 아니면 행동하기 위해 태어났는가? 조그마한 초목이나 새나 개미나 거미나 꿀벌까지도 자기 임무를 수행하고, 각각 우주의 질서를 유지하고 있는 것을 보지 않는가? 그런데 당신은 인간의 임무를 다하기를 싫어하는가? 자연에 적합한 당신의 일을 하기 위해 나서지 않겠는가? "그렇지만 휴식도 취해야 한다." 나도 그렇게 생각한다. 그러나 자연은 거기에도 한계를 정했다. 마찬가지로 먹고 마시는 일에도 한계를 정했다. 그런데 당신은 그 한계를 넘고 정도를 지나쳤다. 먹고 마시는 경우와는 달라서 행동에 있어서는 당신이 할 수 있는 일을 최소로 억제하고 있다. 결국 당신은 자기 자신을 사랑하고 있지 않다. 그렇지 않다면, 당신은 반드시 자기 속의 본질과 그 의지를 존중했을 것이다. 다른 사람들은 자기의 기예(技藝)를 사랑하여 목욕이나 식사도 잊고 지치도록 일하고 있다. 그런데 당신은 녹로공이 녹로 기술을, 무용가가 무용을, 수전노가 돈을, 허세가가 하찮은 명성을 존중하는 정도만큼도 자기의 본질을 소중히 여기지 않는다. 위에서 말한 사람들은 자기 일에 열중하게 되면 침식을 잊어버리고 몰두한다. 당신의 생각에는 사회 공익에 유용한 활동은 가치 없는 것으로 보여 열심히 힘을 기울일 필요가 없다고 생각되는가? (…) 과거를 돌아보고 현재 일어나고 있는 모든 변화를 바라보면, 미래의 일도 예견할 수 있다.

왜냐하면 미래에 일어날 일도 분명히 과거와 같은 형태를 취할 것이며, 현재 일어나고 있는 일의 질서에게서 벗어날 수는 없기 때문이다. 그러므로 인생을 40년 동안 관찰하든 1만 년 동안 관찰하든 마찬가지다. 그 이상 무엇을 더 볼 수 있겠는가?

—아우렐리우스, <명상록>

처음 가보는 길은 누구나 다 그래

짧고 깊은 말을 읽은
내 생각

"

사람은
자기가 사랑하는 사람에게서
배운다.

- 탈무드 -

"

어려서는 부모와 가족에게 배우고 커서는 친구에게 많은 것을
배운다.
배우자에게 배우고 태어난 아이에게 배운다. 또 그 아이의
아이에게도 배운다.
세상은 사랑하는 사람에게서 배워가는 것이다.
이렇게 배울 수 있다면 행복한 사람이라고 할 수 있다.

내가 배운 것은 '싫어하는 것을 하지 말라'와
'아무 말 하지 말고 기다려라'이다.

"

어려운 것은
사랑하는 기술이 아니라
사랑을 받는 기술이다.

- 알퐁스 도데 -

"

연애의 시기에 가장 큰 고민은 어떻게 하면 상대에게 사랑을 받을 수 있냐는 것이다.

내가 아무리 상대를 사랑해도 상대가 나를 사랑하지 않으면 그건 사랑이 아니다.

나를 사랑하게 만드는 기술이 있어야 한다.

그리고 그 기술의 가장 첫 번째는 사랑받고 싶은 사람을 이해하는 것이다.

내가 배운 것은
'이해하는 데 모든 힘을 쏟아도 모자란다'이다.

"

오늘 사랑한다고
내일도 사랑하리라고는
아무도 단언할 수 없다.

- 루소 -

"

영원한 것은 없다. 모두 것은 변한다. 그리고 우리도 변한다.

'우리 사랑 영원히'라고 걸었던 '프사'가 몇 개인지 세어보면 안다.

'산다는 것은 곧 사랑하는 일이다.'라며 여러 사람과 사랑했다. 그리고 헤어졌다.

그래서 나온 말이 내일도 사랑하리라고 단언하지 못한다는 말이다.

내가 얻은 것은 '지속 가능한 사랑'을 위해 '무엇을 해야 하는가?'라는 질문이다.

"

나는 용기를 잃지 않는다.
역경은 내게 힘을 북돋아 준다.
신뢰는 내게 희망을 준다.
나는 이를 믿으려 한다.

- 슈바이처 -

"

노벨상 시상식에 참석하기 위하여 기차를 탄 슈바이처를 찾기 위해 기자들은 특등칸부터 뒤졌으나 찾지 못했다. 결국 3등칸에서 사람들을 진찰하고 있는 슈바이처를 발견했다. 왜 3등칸에 있느냐는 질문에 슈바이처는 "특등칸의 사람들은 내가 필요하지 않다."라고 대답했다.

내 주위에 고통을 겪고 있는 사람들을 보고 도저히 나 혼자 행복한 생활을 보낼 수 없었다는 고백을 실천하는 데서 그의 위대함은 시작됐다.

내가 실천한 것은 '오늘 아침에 일찍 일어난' 것이다.

66

인생에서 우정을 제거하는 것은
태양을 없애는 것과 같다.

- 에머슨 -

99

시인 에머슨은 좋은 친구를 얻으려면 어떻게 해야 하는가라는 질문에 "친구를 얻는 유일한 길은 스스로 남의 친구가 되는 일이다."라고 했다.

친구는 습관이며 독이다. 친구와 시간과 공간을 공유하는 '습관'이 없어지면 차츰 멀어지는 것을 우리는 이미 경험했다. 그때 우정이라는 '독'에 얼마나 중독됐는지가 다시 우정을 되찾을 수 있는 열쇠가 된다.

내가 한 일은 '전화를 거는' 것이다.

"

얼마나 사랑하고 있는가를
말할 수 있는 사람은 극히 조금밖에
사랑하고 있지 않다는 증거다.

- 페트라르카 -

"

열렬한 사랑을 하고 있을 때, 냉정하게 얼마만큼 사랑하는가를
판단하기는 쉽지 않다.

울렁거리는 가슴이 방해하기 때문이다. 속삭임으로 설득하거나
표현을 하는 사람은 얻으려는 것이 있는 사람이다. 그것은
사랑이 아니라 유·혹이다.

이때 기억할 속담은 '연애의 유일한 승리는 때를 보아 도망치는
일'이다.

내가 배운 것은 '귀를 씻는 일'이다.

66

동물처럼 좋은 친구는 없다.
질문도 하지 않고,
또 비판도 하지 않는다.

- 엘리엇 -

99

남의 말을 집중해서 듣는 일처럼 어려운 일도 없다. 감정이 일기 때문이고, 우선 이 멍청이가 친구라는 것에 화가 나기 때문이다.

좋은 친구란 묻지도 비판하지도 않는 사람이라기보다 그 이상의 것을 이해하는 사람이다. 내가 말하고 싶지 않은 것을 캐묻고, 들려주면 무시하고 비판하는 것은 허용되지 않는 것이며 허용해서도 안 된다.

내가 한 일은 '경청'이라는 책의 먼지를 터는 것이다.

"

자기가 원하지 않는 일은
남에게 권하지 말라.

- 논어 -

"

내가 원하지 않는 일은 다른 사람도 원하지 않는다는 것을
분명히 알아야 한다.

싫은 것을 남에게 시키면 학생 때는 '학교폭력'이고, 사회에서는
'갑질'이다.

시간은 늙음을 가장 앞세우고 되갚음과 정의라는 것을 뒤에
숨겨온다.

되갚음과 정의는 항상 '묻고 따블'이라는 치트키를 쓴다.

내가 한 일은 '쓰레기'를 들고 현관문을 나서는 것이다.

##

어떤 물건을 탐내게 하려면,
그것을 손에 넣기 어려운 것으로
생각하게 만들면 된다.

- 마크 트웨인 -

"

누군가를 속이는 일이 아니다. 누군가가 나를 탐내게 하려면 내가 손에 넣기 어려운 사람이 되면 된다. '어렵게' 되려면 남들과 다른 것이 필요하다. 그게 남들이 인정하는 나의 '가치'다.

'사람으로서의 가치'와 '경제적 가치'를 조절할 수 있는 사람이 되면 좋겠다.

내가 한 일은 '쓸 데 있는 고민'으로 밤을 새운 것이다.

66

남을 흉내 내지 말라.

- 이솝 -

99

귀뚜라미의 울음소리에 반한 당나귀가 무얼 먹고 그렇게
고운 소리를 내느냐고 물었다. 귀뚜라미는 이슬을 먹었다고
대답했다. 당나귀는 그날부터 이슬만 먹다가 굶어 죽었다.
세상에 태어난 김에 산다는 사람이 있다. 크게 바라는 것 없이
주어진 것을 그저 열심히 하며 산다. 생각도 다르고 나와 결이
맞지 않는다고 생각했다.
어느 날 남들처럼 살기를 바라는 나보다 잘 살고 있는 그를
보고 부러움을 느꼈다. 무엇이 다른지 생각해 봤다.

내가 한 일은 '거울'을 보는 것이다.

66

인생은
선로 위를 달리는 것이 아니다.
내가 생각하는 방향으로
가지 않는다.

- 윌리엄 보이드 -

99

48.8km 길이의 노선을 가진 지하철 2호선은 시청역에서 출발해 시청역으로 돌아온다. 우리의 하루도 마찬가지다. 출발지는 다르지만 도착하는 곳이 출발한 곳이라는 것은 모두 같다. 인생에 선로가 깔려 있어 그 위를 달리기만 하면 되는 것이라면 정말 쉬울 것이다.

모두 알고 있겠지만 정해진 선로라는 것은 없다. 그래서 지루하지는 않지만, 쉽지 않아서 힘들다. 어차피 가는 길이면 내 맘대로 가기라도 해야겠다.

그래서 내일은 '이쪽 길'로 가보기로 했다.

"

행복보다 불행이
더 훌륭한 스승이다.

- 프리체 -

"

가난이 불행인 아이돌은 건물주가 됐다. 이기는 힘과 헤쳐나온 어려운 상황을 말하는 그는 용감해 보이고, 현명해 보이며, 인간적이기도 하다. 그런 의미에서 그에게 불행은 중퇴한 고등학교에서, 가지 않은 대학교에서 얻지 못하는 깨달음일 수도 있겠다는 생각이 든다.

불행의 얼굴은 지구의 인구수만큼이나 다양하다. 장소를 가리지 않고 널려 있다. 지금 나를 밟는 불행이 지나면 또 오는지 궁금하다. 이겨낼 수 있을 만큼 짓누르기를 바라야 하는지, 이겨낼 힘을 기르는 것이 옳은지는 금방 알겠지만 말이다.

내가 할 일은 '부러워하고만 있지 않는' 것이다.

66

마음으로 보지 않으면
사물을 자세히 볼 수 없어.
가장 중요한 것은
눈에 보이지 않으니까.

- 생텍쥐페리 -

99

"사막이 아름다운 것은 어디엔가 샘을 숨기고 있기 때문이야."

나는 '눈을 감았다.'

"

누가 뭐라 말하건 말건,
나는 내 생각에 따르겠다.

- 라 퐁텐 -

"

방앗간 주인과 그의 아들이 시장에 내다 팔 당나귀의 발을 묶어 들쳐 메고 가면 멍청하다고 하고, 아들을 태우고 가면 늙은 아버지가 불쌍하다 하고, 아들이 걸어가면 어린 아들 고생시킨다고 하고, 둘 다 타고 가면 당나귀가 불쌍하다고 한다. 늘 그렇듯이 사람들은 자기 생각을 제멋대로 말한다. 말하는 사람의 기준이 항상 옳다고 한다. 이 세상 모든 사람을 모두 만족시키려 하는 것은 미친 짓이다. 항상 내가 옳다.

내가 할 일은 '나만의 기준선'을 긋는 것이다.

"

최악의 불행은
결코 일어나지 않는다.

- 발자크 -

"

최악이라는 말이 나오는 동안은 최악이 아니다. 그 늪에서 허우적거릴 때는 소리조차 낼 수 없기 때문이고 말할 기운이 있으면 지친 것이 아니기 때문이다. 최악은 일어나지 않는다. 말이 끝나기 전에 방법을 찾기 때문이다. 우유 통에 빠진 개구리 중 살아남은 것은 우유가 치즈가 될 때까지 발버둥 친 개구리뿐이다. 꼼지락거리는 것을 스스로 안타깝게 또는 창피해해서는 안 된다.

내가 할 일은 '손가락질하는' 이를 잊지 않는 것이다.

> 잘못을 인정하는 것을
> 부끄러워하지 마라.
> 어제보다 현명해졌다는 뜻이다.

- 알렉산더 포프 -

언제, 어디서, 무슨 잘못을 어떻게 저질렀는지 말하고 누구에게 어떤 피해를 끼쳤는지 말한다. 실제와 다르게 오해하는 것은 없는지, 얼마나 반성하고 있는지, 앞으로 어떻게 책임을 질 생각인지 말한다. 내 잘못은 절대 억울하지 않고, 오해도 없으며, 나 혼자만의 잘못이다.

무릎을 꿇어도 솔직이라는 방석이 아프지 않게 받쳐줄 것이고 인정하는 모습에 비난은 줄어든다.

내가 할 일은 '귀를 기울이는' 것이다.

(1) 취직할 생각이나 해. → 집에 있으면 답답하지 않니?

(2) 사회 나가면 더 어려운 일이 훨씬 많아. → 사회 나가면 어려운 일도 많지만 그만큼 성취감도 있어.

(3) 학생 때가 제일 좋아. → 어른이 되면 물론 책임도 커지지만, 자유도 학생 때보다는 생각보다 많아.

(4) 일 끝나고 와서 늘어지는 모습을 최대한 자제하는 것이 필요하다. 어려운 일이겠지만 일 끝나고 와서 피곤한 모습 보이면 나도 사회에 나가면 이제 스물 이후로 평생 저렇게 싸워야 하겠지 하는 공포감이 밀려온다.

(5) 청소와 빨랫거리, 냉장고를 조심하라. → 집이 너무 지저분하거나, 빨래가 늘 밀려있다거나, 냉장고에 반찬 해 놓은 것 없이 달랑 콜라 한 병만 있다거나, 이러한 모습을 자주 보이게 되면 "나도 사회 나가면 피곤해서 저렇게 여유가 없어지겠구나."라고 생각하게 될 것이다.

이렇게 대표적인 것 다섯 가지를 예시로 들었는데, 청소년과 20대 초반은 감수성이 예민해서 작은 말 한마디에 심각해지기도 하지만 반대로 조금만, 단 1도만 바꾸어 말해도 활기찬 생각을 한다는 것을 기억하자.

처음 가보는 길은 누구나 다 그래

초판 발행 | 2020년 11월 16일

지은이 | 이은정
그린이 | 위하영
펴낸이 | 김채민
펴낸곳 | 힘찬북스

출판등록 | 제410-2017-000143호
주소 | 서울특별시 마포구 망원로 94, 301호
전화 | 02-2272-2554
팩스 | 02-2272-2555
이메일 | hcbooks17@naver.com

ISBN 979-11-90227-11-7   03810

값 13,000원